35 故事HOME

小木偶的思考大冒險！

編輯序

當孩子不愛讀書……

慈濟傳播人文志業中心出版部

親師座談會上，一位媽媽感嘆說：「我的孩子其實很聰明，就是不愛讀書，不知道該怎麼辦才好？」另一位媽媽立刻附和，「就是呀！明明玩遊戲時生龍活虎，一叫他讀書就兩眼無神，迷迷糊糊。」

「孩子不愛讀書」，似乎成為許多為人父母者心裡的痛，尤其看到孩子的學業成績落入末段班時，父母更是心急如焚，亟盼速速求得「能讓孩子愛讀書」的錦囊。

當然，讀書不只是為了狹隘的學業成績；而是因為，小朋友若是喜歡閱讀，可以從書本中接觸到更廣闊及多姿多采的世界。

問題是：家長該如何讓小朋友喜歡閱讀呢？

專家告訴我們：孩子最早的學習場所是「家庭」。家庭成員的一言一行，尤其是父母的觀念、態度和作為，就是孩子學習的典範，深深影響孩子的習慣和人格。

因此，當父母抱怨孩子不愛讀書時，是否想過——

「我愛讀書、常讀書嗎？」

「我的家庭有良好的讀書氣氛嗎？」

「我常陪孩子讀書、為孩子講故事嗎？」

雖然讀書是孩子自己的事，但是，要培養孩子的閱讀習慣，並不是將書丟給孩子就行。書沒有界限，大人首先要做好榜樣，陪伴孩子讀書，營造良好的讀書氛圍；而且必須先從他最喜歡的書開始閱讀，才能激發孩子的讀書興趣。

根據研究，最受小朋友喜愛的書，就是「故事書」。而且，孩子需要聽過一千個故事後，才能學會自己看書；換句話說，孩子在上學後才開始閱讀便已嫌遲。

美國前總統柯林頓和夫人希拉蕊，每天在孩子睡覺前，一定會輪流摟著孩子，為孩子讀故事，享受親子一起讀書的樂趣。他們說，他們從小就聽父母說故事、讀故事，那些故事不但有趣，而且很有意義；所以，他們從故事裡得到許多啟發。

希拉蕊更進而發起一項全國的運動，呼籲全美的小兒科醫生，在給兒童的處方中，建議父母「每天為孩子讀故事」。為了孩子能夠健康、快樂成長，世界上許多國家領袖，也都熱中於「為孩子說故事」。

其實，自有人類語言產生後，就有「故事」流傳，述說著人類的經驗和歷史。

故事反映生活，提供無限的思考空間；對於生活經驗有限的小朋友而言，通過故事可以豐富他們的生活體驗。一則一則故事的累積就是生活智慧的累積，可以幫助孩子對生活經驗進行整理和反省。

透過他人及不同世界的故事，還可以幫助孩子瞭解自己、瞭解世界以及個人與世界之間的關係，更進一步去思索「我是誰」以及生命中各種事物的意義所在。

所以，有故事伴隨長大的孩子，想像力豐富，親子關係良好，比較懂得獨立思考，不易受外在環境的不良影響。

許許多多例證和科學研究，都肯定故事對於孩子的心智成長、語言發展和人際關係，具有既深且廣的正面影響。

為了讓現代的父母，在忙碌之餘，也能夠輕鬆與孩子們分享故事，我們特別編撰了「故事home」一系列有意義的小故事；其中有生活的真實故事，也有寓言故事；有感性，也有知性。預計每兩個月出版一本，希望孩子們能夠藉著聆聽父母的分享或自己閱讀，感受不同的生命經驗。

從現在開始，只要您堅持每天不管多忙，都要撥出十五分鐘，摟著孩子，為孩子讀一個故事，或是和孩子一起閱讀、一起討論，孩子就會不知不覺走入書的世界，探索書中的寶藏。

親愛的家長，孩子的成長不能等待；在孩子的生命成長歷程中，如果有某一階段，父母來不及參與，它將永遠留白，造成人生的些許遺憾——這決不是您所樂見的。

推薦序

兒童思想導航與邏輯

◎呂凱文（南華大學宗教研究所教授）

小朋友們，有沒有聽說過這樣的故事——

一位機車騎士騎著車燈壞掉的機車，上山欣賞高空的都市夜景，卻在多岐分岔的山中小徑迷途。天色越來越黑，夜色襲來，看不到原本能在山中遠眺的都市夜景，也找不到正確的路回家。缺乏路燈與指示牌引路，這位騎士伸手不見五指，只能靠著微弱的星光月色，且行且停，在烏漆暗黑的夜裡，勉強的想像黃昏時刻經過的條條叉路。

說時遲，那時快，一部亮著勁光前燈的豪華汽車超前而過，耀眼的紅色尾燈在黑夜的山路上特別亮麗。這位正愁著找不到路回家的騎士，一看到汽車從眼前經過，彷彿找到救星般的高興；急忙尾隨著前車的車尾燈，沿著彎彎曲曲、忽高忽低的山中小路前行。

經過許久的跟車尾隨，只見前車突然停下來靜止不動，汽車的前燈與尾燈的燈光完全熄滅，山色整個又被黑暗給包圍住了，眼前完全沒有能見度。這時，來不及煞車的機車騎士，差點撞到剛停下來的汽車；幸虧打滑偏掉，才沒釀成車禍。

不久，這個山中莊園的電燈亮了起來，似是狼犬般的吠聲不停，幾個彪形大漢拿著棍棒從屋裡走出來。此時，長得像角頭黑道大哥的汽車主人也跨出車門，狠狠的回頭對著機車騎士怒瞪：「這裡是我家，怎麼你也跟著來了？」當下，騎車騎士驚懼得全身發冷；原來，剛剛盲目尾隨的不是回自己家的路，恐怕是來到山中的黑道大豪宅了。以後——如果還有以後，則是後話了……

聽完這個故事，對你有什麼啟示呢？生命猶如一場華麗的探險旅程，任何人想要安全完成與深刻體驗這場華麗探險，不僅感性與理性要平衡兼具，理想與智慧也需要同時培養。故事中，欣賞夜景象徵著我們的感性與理想，壞掉的機車車燈則象徵引領方向的內在理性與智慧；而騎士的盲目跟從，象徵生命方向的迷惘與忘記自我覺察的能力。我們每個人，包括我自己在內，面對生命疑惑與無法抉擇時，都像是那位迷途的機車騎士

推薦序

；除非我們自己能打開自己的智慧之光，否則只能盲目尾隨，找不到屬於自己的歸家路。

這樣的能力培養，可以從小開始。志銘於慈濟傳播人文志業基金會擔任文字編輯多年，在童書與親子教育著力頗多；這次他利用編輯工作之餘，發揮哲學專業所寫出的《小木偶的思考大冒險！》，便是想要培養小朋友的思考能力。

本書試圖以各種思維上的謬誤為主題，改編大家耳熟能詳的童話故事，讓小朋友能在閱讀的卻趣味中學習、避免推理上的謬誤，能不被錯誤的言論或報導所左右；讓自己學習正確思考，也讓自己成為自己生命負責的人。

智慧，就從這本小書開始！

推薦序

教出一個「不受人惑」的孩子

◎廖元豪（政治大學法律系副教授）

我們臺灣人是很重視孩子教育的。「不要輸在起跑點」是很多家長心中的座右銘，甚至也可說是媽媽爸爸心中的焦慮。因此，從小學習各種才藝，補習不遺餘力。我們非常在乎成績，就期待孩子考上明星高中、頂尖大學。

但，我們真的在乎孩子們學到什麼嗎？

網路時代，資訊爆量而且容易取得；這一代的父母在經濟上又比前幾代更寬裕，更捨得掏錢送孩子學這個學那個。然而，這麼多東西塞進腦子，怎麼篩選？如何應用？在我們拚命要他們學習之際，有沒有好好教導孩子學習「學習的方法」？

我在政大法律系教書，這裡的學生都是全國首屆一指的「好學生」；但我深深感受到，這些優秀大一學生「從前」（從小學到高中）的知識訓練不夠。他們背誦演練的知識很多，每個都很聰明，學習方法與思考方法卻有一堆問題。要把課本或教材的東西背起來，沒問題；可是，要他們分析、檢討、批判、反思這些素材，往往就愣住了。

換個角度，欠缺思考方法的訓練，也會使孩子們很容易「被引導」、「被操控」；只要「大家這麼說」（更精確的說，是「我們同儕」這樣說），就會跟著走。只要有一點「很炫」的說法，就不加思索的接受；甚至只要擺出他能理解的「權威」，就會乖乖聽話。結果，自己都不知道自己原來是被牽著鼻子走。還以為自己都是自主思考，獨立判斷。

其實，不只是兒童，我們的教育一向欠缺對「學習方法」、「思考方法」的訓練，所以大人也沒好到哪裡去。看看現在的新聞媒體，成天出現「標題與內文不合」、「前後陳述全然無關」、「情緒重於邏輯」、「想當然爾」或是「有一分證據說八分話」的現象，就知道我們距離理性思考的公民社會還很遠呢！

推薦序

菩提達摩東來，不過就是要找一個「不受人惑」的人。隔了一千多年，在資訊時代、講究知識經濟的臺灣，是不是還有很多「大惑特惑」的人？如果我們欠缺思考方法的訓練，就會容易人云亦云。這不管對科技發展、經濟成長、社會進步，乃至民主政治來說，都是不利的。

本書作者志銘受過哲學與法律學的知識訓練，同時也是個對兒童教育充滿熱情的作家。他針對兒童所寫的這本《小木偶的思考大冒險！》，以耳熟能詳的童話故事為素材，「置入」了許多邏輯基本觀念，讓孩子們能夠學到「思考上的防身術」，不輕易被人牽著鼻子走；不受人惑，甚至也不受己惑——自己從前習慣的思考，一樣該時時反省，日日檢討。讀過這本書，孩子們應該漸漸會感到，自己脫胎換骨，不一樣了：以前聽來覺得天經地義的話語，現在開始可以提出好多疑問；從前讓他崇拜的偶像、朋友、乃至老師，如今不再那麼神聖了。這，才叫做「腦力開發」！這才能自命「不受人惑」，也才能與眾不同，不輸在起跑點！

《小木偶的思考大冒險！》文筆流暢又有趣，即使大人讀來都會愛不釋手；而對於已經讀過這些童話故事的孩子，我相信他們也會有耳目一新「哇！是這樣呵」的刺激。我誠心建議家長也讀，然後跟孩子一起討論；媽媽爸爸可以提出書中沒有想到的、問到的東西，甚至反過頭來教孩子質疑作者、反問作者。親子一起享受頭腦體操，共同訓練自己的腦袋，多麼溫馨的成長時刻啊！

推薦序

孩子要閱讀，更要思考

◎謝明杰（桃園市樂善國民小學校長）

身為學校教育工作者，尤其是國小階段的老師，經常需要介紹兒童適合閱讀的課外讀物。從入門的繪本圖畫書、名作家的經典童話故事，到具有深度的中外世界名著，坊間的出版品多如潮水，令人眼花撩亂。

雖然說「開卷有益」，廣泛閱讀能豐富學生的視野，卻未必能培養學生獨立思考、邏輯思辯與批判反省的能力。因為，許多童話故事中的情節，其實像包裹著糖衣的毒藥，往往隱含著特定的意識形態、刻板印象或權威偏見；若未經師長進一步引導思考、對話討論與價值澄清，反而會扼殺學生獨立思考與反省思辨能力，陷入「多閱讀、少思考」的怪現象，這是值得師長們正視的問題。

閱讀《小木偶的思考大冒險！》一書，彷彿來到童話綜合國探險；對話式的流暢敘寫，令主角躍然紙上，畫面精采豐富，連我這個大人都愛不釋手。作者巧妙的透過主角小木偶皮諾丘，展開與許多童話故事角色的對話，創作出三十篇具有邏輯思考的奇幻故事；創新的內容情節，令人眼睛一亮！此外，在每一篇故事末尾提示「給小朋友的貼心話」，就像一位智者師長從旁提點，引導讀者重新思考，跳脫既定的想法，學習成為會思考的「真正人類」。就像本書中仙女告訴小木偶的話：「要避免錯誤的思考方式，才不會變回木頭人！」

本書每一篇故事文本，皆可看出作者用心鋪陳構思，以深入淺出的文句，試圖將哲學、心理學與社會學等知識，融入童話故事情節中，藉此引導讀者思考閱讀。小讀者閱讀本書可延續原著故事的創意想像，藉此培養多元思考與創新能力；父母老師閱讀本書，可做為親子（或師生）共讀後對話討論的參考。我相信這是一本值得閱讀的好書，也是培養小學生哲學思辨的入門書，樂於推薦給師長與學生讀者們。

目錄

楔子

小朋友，告訴你一個祕密：在我們所居住的這個世界之外，還有另一個世界；那是一個所有童話人物居住的所在。

這個童話世界裡，時間完全並未停留在過去的年代，有些事物是跟著我們這個時代一起轉變的；而且，有時甚至跟我們這個世界流行一樣的東西呢！

同樣的，在那個童話世界的人們，思維方式也跟我們這個世界一樣，在思考及推理過程中也往往會犯相同的錯誤。

例如，童話世界裡的某個小國國王被人騙了，光著身體逛大街，許多人居然也以為國王是穿著衣服的？呵呵，實在太好笑了！還有，聽說某個小鎮裡有一隻驢子，揹著棉花過河時竟然「故意」在水中滑跤，結果差一點把自己給累死！這些，都是因為他們的思考有了某些謬誤的緣故。

我們這個世界雖然不至於有人會被騙到沒穿衣服上街，不過，思考時會犯的謬誤也不見得少呵——

「新聞跟故事裡的繼母心腸都好壞呵！所以，那個繼母對待孩子一定也很不好。」

少數被報導的繼母劣行能代表所有的繼母都是這樣子嗎？以少數例子去推論所有的情況，便是**「以偏概全的謬誤」**。

「某某某是諾備耳文學獎得主，他提倡的政治與教育理念一定是對的！」

「這個牌子的運動鞋是最棒的，因為背克汗也穿它。」

文學獎得主也會是政治與教育的專家嗎？足球明星穿的球鞋一定是最棒的、也會適合你？他是領了大筆廣告費代言的呵！像這樣輕易聽信名人所說或所推薦的，便是**「訴諸權威的謬誤」**。

「那麼多人都說他是小偷，他一定是小偷！」

「好多人都喜歡她唱的歌，她的歌一定很好聽！」

小朋友聽過「曾參殺人」這句成語嗎？就算不是事實，很多人都這麼說的話，也有可能令人信以為真哩！許多人都喜歡聽的歌，一定也會是你喜歡聽的嗎？像這樣子的想法，都是某種「訴諸群眾的謬誤」呵！

思想的謬誤當然不只這些嘍！因為這些謬誤，童話世界也發生許多有趣的事呢！你問我怎麼會知道？我都是從小木偶皮諾丘那兒聽來的啦！

也住在那個童話世界裡的皮諾丘，變成人類後已經長成一個十來歲的大男孩了；只是，他的心智卻似乎沒有跟著身體一起成長，因此給愛他的老爹帶來不少麻煩。有一天，他發現自己竟然又慢慢變成木頭人了！仙女對他說，因為他的思考一直像個「木頭」，所以才會又變回木頭人；如果要再「成為人類」，就得出外遊歷、學會避免錯誤的思考方式才行。

這本書所講的，就是皮諾丘如何離家遊歷與學習正確的思考方式、重新「變成人類」的故事。他每一次經歷的故事你或許似曾相識，不過可能會跟你所熟悉的故事很不一樣呢！請你跟著書中的皮諾丘一起歷險，學習如何思考，免得自己的腦袋變成「木頭」吧！

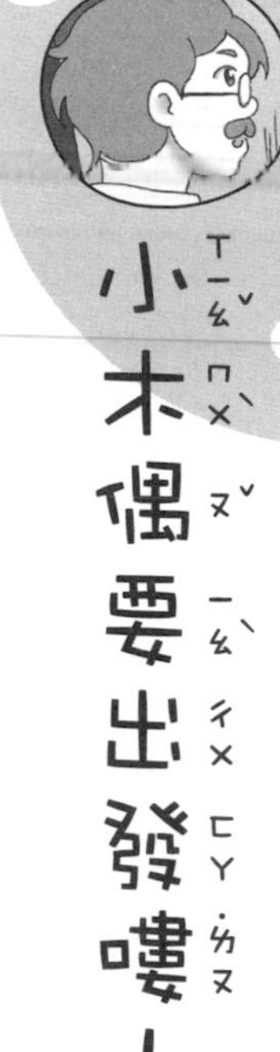

小木偶要出發嘍！

大家都聽過小木偶皮諾丘的故事吧？不懂事的皮諾丘經過一連串的冒險之後，終於被製作他的木匠老爹救回家。仙女被木匠老爹對皮諾丘的愛所感動，實現了老爹的心願，讓皮諾丘變成了一個真正的人類小孩。

可是，皮諾丘雖然變成了人類，腦袋卻還是「柴柴」（臺語，意為「像木頭一樣」），只會人家做什麼、他就跟著做什麼，不懂得自己應該如何思考。

有一天，小狐狸來找他玩，對他說：「我們一起去看蔡一琳的演唱會吧！有好多精采的表演呵！還可以跟好多人一起瘋狂的大喊大叫、唱唱跳跳，多開心啊！去向你老爹要錢，我們一塊去。」

「蔡一琳的演唱會？有什麼好看啊？跟一大群人又叫又跳會很開心嗎？」皮諾丘想著，「不過，小狐狸這麼說，應該不會錯吧？應該是我不懂什麼是好聽、好看的。」

於是，皮諾丘便去向木匠老爹要錢。「你要錢做什麼呢？」老爹問。

「我要跟小狐狸去看蔡一琳的演唱會！」「喔？你喜歡她啊？」

皮諾丘搖搖頭，「是小狐狸找我一起去的。他說，大家都喜歡蔡一琳，她是大家的偶像耶！」

老爹覺得，讓皮諾丘去見見世面也好；雖然門票要花掉他辛苦工作一星期的錢，他還是讓皮諾丘去了。

皮諾丘看完演唱會回來之後，老爹問他：「怎麼樣？好看嗎？」

「是有很多人在舞臺上又唱又跳啦，麥克風的聲音很大，臺上的燈光很強，臺下有好多人呵！跟著蔡一琳又叫又笑的，我也不知道為什麼。大家都覺得演唱會很棒，那就應該很棒吧？」

皮諾丘一副沒什麼感覺的樣子，老爹只能苦笑。

過了幾天，黃鼠狼跑來對皮諾丘說：「看我的新球鞋！這可是籃球之神『橋單』代言的呵！很炫吧！」

「可是，我又不太會打籃球……」皮諾丘小聲的說。

「傻瓜！這叫流行！幾乎每個人都有一雙炫鞋，你沒有就落伍、

遜掉嘍！去，找你老爹要錢，我帶你去買！」

「老爹，給我錢！」皮諾丘對老爹說。「又要去看誰的演唱會了嗎？」老爹問道。

「不是，我要買籃球鞋。」「你不常打籃球啊？」「可是，黃鼠狼說沒穿那種鞋子就落伍了耶！好像會很丟臉……」皮諾丘老實說。

「好吧！」老爹不忍心讓皮諾丘

在朋友面前抬不起頭。雖然一雙鞋就要花掉他工作半個月賺的錢，他還是讓皮諾丘買了。

皮諾丘就這麼跟著一群「好朋友」，去吃流行的好東西、去買流行的新衣服、去玩流行的新玩意；即使他對這些東西沒什麼感覺，但是他覺得「大家都這麼做，那就是對的吧？」木匠老爹只好拚命的工作，讓皮諾丘有錢去玩。

奇怪的是，已經變成人類的皮諾丘，柔軟的皮膚最近卻逐漸變硬；有一天醒來，皮諾丘竟然又回復成一個小木偶了！

他慌張的去找老爹：「老爹！我怎麼又變成這樣了？」老爹也著急得不知如何是好。

忽然，光芒一閃，仙女出現了！

仙女對皮諾丘說：「因為你還沒學會如何思考、產生太多錯誤，所以讓你變成人類的魔法漸漸消失，你才會又逐漸變回木偶。我看你已經長大不少，應該可以出去看看這個世界，學習一下如何思考。請老爹放心，我會用魔法保護他，讓他不受任何壞人傷害。」

就這樣，皮諾丘為了真正「長大成人」，他揹起行囊，告別老爹，展開他的成人之旅嘍！

給小朋友的貼心話

小朋友，若是不懂得如何思考、避免錯誤的思考方式，就會像皮諾丘一樣，只會跟從人家的說法，不會自己思考；久而久之，腦袋會成了「木頭」呵！

一寸法師

皮諾丘出發後，沿著大馬路走，有時步行，有時搭便車，要到別的童話城市與鄉鎮旅行，並學習如何正確思考。

「嗨！你好啊！」經過一條小溪時，皮諾丘好像聽到有人在高喊。

「哈囉！我在這兒啦！」他順著聲音的方向看過去，有一個眉清目秀、笑容燦爛的小人兒正站在一只小碗裡，順著溪水緩緩前行。

「你好。你叫我有什麼事嗎？」皮諾丘說。

「這條小溪就快到盡頭了，」小人兒說，「你長得比較高，走路比較快，我能不能坐在你的肩膀上搭個便車？」

「好啊！沒問題，你就上來吧！」

小人兒將碗靠了岸，像是有輕功似的，一躍而起，腳尖在皮諾丘的膝蓋及腰間點了兩下，便坐上了他的肩膀。

「不好意思，麻煩你了。我叫一寸，你呢？」「我叫皮諾丘。你要上哪去呢？」

「嗯……說出來怕嚇到你呢！我要去打鬼，將被鬼抓走的公主救回來。不過，你別怕，到鬼堡附近你就可以將我放下來了，不必跟我一起進去。」一寸說。

皮諾丘想起仙女說，在她的魔法保護下，任何壞人也傷害不了他，便壯著膽子跟著一寸一起去打鬼。

在一寸的引導下，從早晨走到傍晚，總算看見鬼堡了，周遭果然流動著陰森的鬼影及鬼氣。

一寸說：「你不用怕，這些都是鬼弄出來的幻影，不要理它就沒事了，否則你會讓自己嚇死。跟緊我吧！」

一寸用力推開沉重的大門，就聽到一個低沉而恐怖的聲音說：

「我好像聞到人味了？」

「咚！咚！咚！」隨著沉重的腳步聲出現的，是兩個大約兩層樓高的巨人！一個紅色，一個綠色。

「你們好大膽！竟然敢闖進鬼堡！」紅鬼叫道。

「大頭鬼，別人怕你我可不怕！別在那兒囉嗦了，將公主交出來，否則就跟我打一場！」一寸的聲音也不小。

聽到一寸的話，兩個鬼氣極反笑。綠鬼說：「就憑你這小不點兒？」

紅鬼看到皮諾丘只是個小孩子，一寸的身材更小，便想到個壞主意：「不要說我們大欺小，我們也別用武力，就跟你們兩個來一場籃球鬥牛吧！」

「好啊！誰怕誰！我一個就夠了。不過，我怕你們兩個反悔，就向天神發誓吧！誰若是輸了又反悔，便受天打雷劈！」一寸根本沒在怕。

紅綠兩鬼在心裡偷笑：「好啊！我們就讓你一點；你不用發誓，輸了便在這裡做一輩子苦工就行了。」

說完，兩個鬼一起說：「我們向天神發誓：若是輸了球賽而反悔不認，願受天打雷劈！」

只見紅鬼將狼牙棒在地上一敲，廣場就變成一個單邊的籃球場；接著，綠鬼變身成飛人「橋單」，紅鬼則變身為長城「搖名」；不過，頭上的角還在。所用的籃球是一般籃球的三倍大。

「你先開始吧！小矮子！」綠鬼奸笑著說。

比賽開始了，皮諾丘在一旁為一寸加油。他本來相當擔心；沒想到，一寸身輕如燕、運球如飛，一直投籃得分，有時還將兩個笨鬼的巨大身體當跳板，來個乾淨俐落的灌籃，兩個鬼卻只能氣喘吁吁的追著他團團轉。

比賽結束，一寸以六十比零大勝雙鬼。

「贏了！一寸你好厲害呵！」皮諾丘開心的大喊。

「你這可惡的小鬼！」雙鬼惱羞成怒，舉起狼牙棒就要對著一寸用力打下去。忽然，皮諾丘眼前強光一閃，接著「轟隆」一聲！雙鬼被閃電劈個正著，馬上昏了過去。

「你們一定是想法錯誤，所以才會想用籃球來打敗我。」一寸笑著說。

「你們應該是這麼想的：矮個子比較不會打籃球／我是矮個子／所以我比較不會打籃球。

「只是，可不是『全部的』矮個子都跳不高、不會打籃球啊！『全部』跟『大部分』是有差別的呵！我就是那少數的矮個子灌籃高手啦！」一寸得意的解釋。

他們救了公主，公主用雙鬼的如意鎚讓一寸的身高長得跟一般的十七歲少年一樣，成了一位翩翩美少年呢！

一寸護送公主回去，皮諾丘與他們告別，繼續他的旅程。

給小朋友的貼心話

這篇故事改編自日本童話〈一寸法師〉。

故事中，一寸提到的思考方式稱為「三段論法」。再舉一個例子：

（一）大前提：人要吃飯。

（二）小前提：我是人。

（三）結論：所以我也要吃飯。

這是我們常用的推論方式，小朋友們可以試著列出其他例子。

至於兩鬼所犯的錯誤，稱為「以偏概全」的謬誤：他們以為若是打籃球，矮個子一定打不過高個子；卻不知道「大部分」不等於「全部」，他們偏偏遇上一個跑得快、跳得高的小個子一寸！

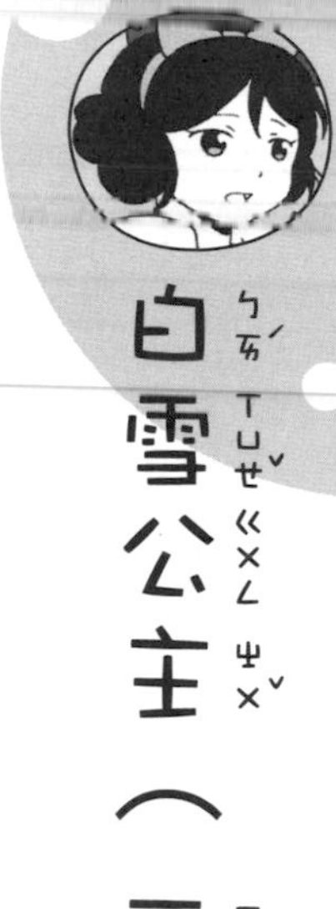

白雪公主（一）

告別一寸跟公主之後，皮諾丘繼續他的童話世界之旅。

當他經過一座森林時，忽然從樹林裡衝出一群人來，讓他嚇了一跳。

「哎喲！」匆忙之間，有人跌了一跤。「白雪！怎麼了？不要緊吧？」「我沒事……」一個輕柔的女聲回答。

皮諾丘仔細一看，「好漂亮的女生呵！」烏黑光滑的頭髮，雪白中透著紅潤的皮膚，還有一雙又大又亮的眼睛……令皮諾丘一時之間捨不得將眼睛移開。

女孩旁邊圍繞著七個小矮人，有的人去關心女生的傷勢，有些人則緊張的一直往森林裡瞧。

「我……我走不動了……」「好吧！我們休息一下。跑了那麼久，殺手應該追不上了。」一個留著白鬍子的小矮人說。

「請問？」皮諾丘輕聲問了一聲。一個壯壯的小矮人馬上警戒的盯著他問：「你是誰？」

「我叫皮諾丘，是個旅人。請問發生什麼事了？你們怎麼跑得那麼匆忙？」

「小弟弟，你還是快點兒離開吧！」名叫「白雪」的女孩回答，「我們被人追殺，正在逃命呢！你跟我們待在一起，我擔心會連累到你。」

「追殺？怎麼可能？怎麼會有人忍心傷害妳這麼……可愛的女孩

乎？」皮諾丘不敢相信，眼睛還是一直看著白雪。

「唉！謝謝你的稱讚。我自己也不知道為什麼會被追殺……」白雪說。

「我是一座城堡裡的小公主，母親生下我之後就去世了。父親後來又娶了一個妻子。這位繼母長得很漂亮，據說是世界上最漂亮的女人。

「繼母跟我雖然不親，原本卻對我不錯。只是，在我十八歲生日過後的第二天，繼母突然對我大發脾氣，說我根本不漂亮，還對她不禮貌，便命令士兵將我帶出城處死；還好，士兵們對我很好，叫我連夜逃走。

「我躲進了森林，得到這七位先生的幫助。繼母大概知道我沒

死，便派人來追殺。我們就是為了躲避殺手才逃到這兒的。」

說完，白雪忍不住輕咳起來，七個小矮人也個個滿頭大汗，坐在地上喘著氣休息。

「哈哈！找到你們了！」一個黑影很快的從樹林裡衝了出來，手裡的長劍閃著寒光。

「快！保護白雪！」小矮人們一擁而上，用力捉住了殺手的脖子、腰部和四肢，讓他暫時動彈不得。但是，他們的體力都快用光了，撐不了多久。

「小兄弟！快來幫忙啊！趕快將他打昏！」留著兩撇鬍子的小矮人高喊。

「可是，老師和我爹告訴我，打架是不好的行為，乖小孩不該打架……」皮諾丘不知該如何是好。

「你的老師教得很好！可是，那是平常，現在是有人要被殺死了啊！」一個留著絡腮鬍的小矮人急著說。

「是啊！這麼可愛的女生就要被人殺死了，我要救她！」

下定了決心，皮諾丘很快的撿起了路旁的一根木棍，跳起來使勁往殺手的頭上敲下去！「叩」的一聲，殺手便暈過去了，小矮人從他身上跌了下來。

「快！他暈過去了，我們快逃！」皮諾丘幫兩個小矮人扶起了白雪，拚命的邁開腳步，要逃到七個小矮人在另一座森林裡的「祕密基地」。

這篇故事改編自《格林童話》。

在故事裡，皮諾丘的想法犯了「以全概偏」的謬誤。在一般的情況而言，跟別人逞凶鬥狠的打架當然不對，所以皮諾丘才會認為「打架不是乖小孩應該做的行為」；不過，當自己或他人可能受到傷害的時候呢？這時就有必要「自我防衛」了。

小朋友，想想看，生活中還可能有哪些「以全概偏」的謬誤呢？

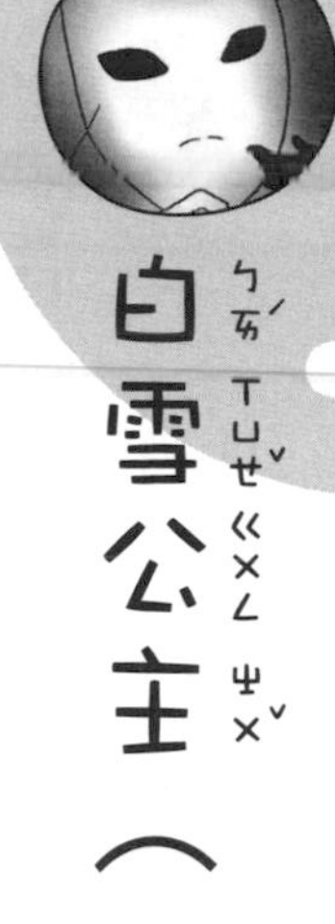

白雪公主（二）

皮諾丘跟白雪一行九個人，總算逃到了七矮人的祕密基地——一座在山壁裡鑿出的石屋，可以好好休息一下了。

另一方面，以為白雪應該已經被殺手除掉的壞王后，得意的對著一面大鏡子問道：「魔鏡啊！誰是世界上最美麗的女人呢？」「當然是白雪公主！」魔鏡回答。

「什麼！白雪沒死！」壞王后便用巫術察看白雪的所在，然後想了個妙計。

「呵呵！我就拿這個看起來又大又多汁的紅蘋果去吸引白雪；只

要她咬上一口……嘿嘿……」

王后扮成了一個面貌純樸的老婆婆，拿著一籃紅通通的蘋果，趁著皮諾丘跟小矮人們去砍柴的時候，來到了他們的小木屋前面喊著：

「賣蘋果！」

白雪聽到老婆婆的聲音，可憐她年紀大了，而且蘋果看起來不錯，便想跟她買一些；卻沒想到，一個老婆婆怎麼會走進森林裡賣蘋果？她拿了一顆請白雪試吃；想不到，白雪才吞下去就暈倒了。「哈哈哈！」壞王后詭計得逞，放聲大笑的迅速離開了現場。

大家回到石屋，看到躺在地上的白雪：「白雪！妳怎麼了！」大家一直呼喚，白雪卻沒有反應，最童顏的小矮人都急得哭了！

「請問……你們怎麼了？」皮諾丘抬頭一看，一個騎著白馬、穿著華麗的英俊年輕人正看著他們。原來，他是鄰國的王子，騎馬出來散步，卻不小心迷路了。

聽了皮諾丘的說明，王子將白雪扶了起來。看到白雪的美麗容顏，竟然就這麼死了，王子也為她感到痛心；他不禁低下頭，想給白雪告別之吻……

「咳！咳！」白雪突然發出了聲音，還吐出了一塊東西，讓所有人都嚇了一跳。王子的吻竟然讓白雪將哽在喉嚨的蘋果吐了出來，人也跟著醒過來了。

原來，白雪只是一時被強烈的毒性迷昏，蘋果也跟著卡在喉間；

因為還沒有吞下肚，所以並沒有中毒而死。

正當大家開心得又叫又跳，白鬍子小矮人說話了：「不過，只要白雪不死，王后一定會不斷的來追殺她。」這個警示，讓大家你看我、我看你，不知道該怎麼辦。

「好吧！我們只好潛入王宮，追根究柢，看看王后究竟為什麼要害白雪？」王子與白雪、皮諾丘及七矮人商量之後，決定由他跟皮諾丘潛入王宮，探查王后的祕密。

「呵呵！這下子，世界上最美的女人應該是我了吧！」回到王宮的王后揭開了一面布簾，現出了魔鏡，這時候，有侍女走了進來：「王后，您有訪客到。」王后只好先隨著侍女走出去了。

潛入王宮的王子與皮諾丘，正好躲進王后的房間；看到四下無人，便從躲藏處走了出來。

「咦？這是什麼鏡子？」好奇的皮諾丘將大鏡子擦了擦；忽然，鏡子居然說話了：「你有什麼問題？」

「啊？對不起，我叫皮諾丘，請問您是？」「我的名字是魔鏡；只要是與長相有關的問題，都可以問我！」

「請問王后都問您什麼問題呢？」王子問；魔鏡回答：「她都是問『誰是世界上最美麗的女人？』」

「您怎麼知道呢？」皮諾丘問；魔鏡回答：「世界上所有的鏡子所照見的臉我都能看到！」

「原來是因為魔鏡告訴王后：最美的女人是白雪，所以王后才嫉妒得想要殺了白雪。」他們總算知道原因了。

「那麼，魔鏡先生，」王子對他說，「能不能請您幫個忙，對王后說她就是世界上最美麗的女人呢？」

「不行！」魔鏡斷然拒絕；因為，「不說謊」是他一向遵守的規則。

「但是，您這樣會害無辜的白雪公主一直被追殺啊！」王子繼續說，「要不然，就是我們除掉王后或將她關起來；或者……乾脆將您打破！這對大家都不好吧！最好的辦法，就只有請您說個小謊了。」

「嗯……好吧！我可不是害怕你們的威脅呵！而是因為白雪公主真的很美麗，我也不願她從世界上消失，這樣我才能天天欣賞她的美啊！」

「太好了！」兩個人趁著王后回來之前，趕緊逃回石屋。

從此以後，王后果然沒有再找白雪的麻煩了。

跟白雪及七矮人在森林裡過了一段快樂時光，參加了王子及白雪的婚禮之後，小木偶皮諾丘就告別他們，繼續他的旅程。

給小朋友的貼心話

跟上一篇一樣，魔鏡也是犯了「以全概偏」的謬誤。

故意欺騙他人而導致他人受到損失或傷害當然不對；但是，舉例來說，如果納粹要追殺猶太人，而要你告知猶太人躲藏的地方呢？你還是會誠實的回答嗎？大哲學家康德（Immanuel Kant）主張人絕不可以說謊，便受到許多人批評。

有人主張「白謊」（善良的謊言）是必要的，你認為呢？

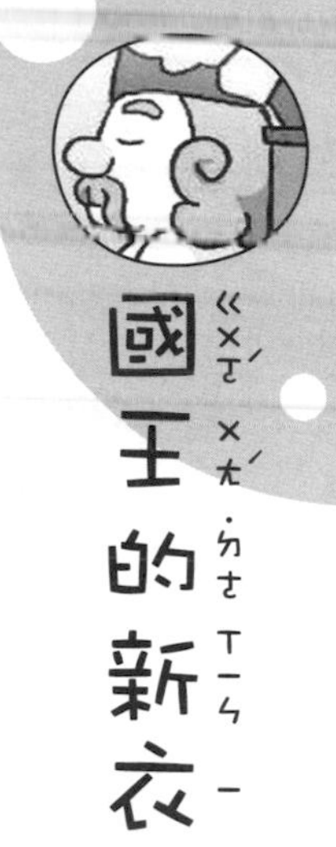

國王的新衣

這天，他來到一個小國家，剛好看到有個人坐在一個大轎子上，前後都有一大隊人馬跟著，好像很神氣的走著；他兩旁有許多民眾正在高呼「國王萬歲！」他的表情卻好像不是很高興。

當遊行隊伍走近時，皮諾丘望向轎子上的那個人；他不敢相信自己的眼睛，以為是自己眼花了，便揉了揉眼睛再看。

「這是真的嗎？轎子上的那個人竟然沒有穿衣服！」但是，那個人旁邊站著兩個人，好像不停的為他整理身上的衣服。

皮諾丘覺得很奇怪，便問站在旁邊的人：「請問一下，坐在轎子

上的是國王嗎？」

「是啊！」路人甲說。

「今天為什麼要遊行呢？」

「我們的國王一向很注重自己的穿著。聽說，兩個比『阿馬妮』跟『香耐耳』還要有名的設計師——就是現在站在國王身邊的那兩個人，為我們的國王設計了一款新衣，不但用了許多黃金及白銀織成布，還用了許多寶石裝飾，而且是手工縫製的

呢！據說，這款新衣的神奇之處在於，愚笨的人看不見它呵！」路人乙說。

「新衣昨天終於完工了！為了慶祝新衣的完成，國王放全國一天假，舉行新衣大遊行，讓全國百姓都能親眼看看這件神奇的新衣。」路人甲補充說。

「你看！那布料多麼細緻光滑，上面的寶石更是燦爛耀眼呢！」路人乙大聲稱讚。

「可是，」他正要提出他的疑惑，卻聽到旁邊有大人小聲的罵孩子：「你這個笨孩子！大家都看得到，只有你看不到，不就表示你愚笨嗎？有你這樣的笨孩子，我們會很丟臉耶！」

當天的晚報，登出了國內知名設計師的觀後感，對於國王的這件新衣大加讚歎：「線條乾淨俐落，剪裁手工細膩，金銀兩色的搭配更是恰到好處。雖大量使用寶石，但每一顆寶石的位置及顏色的搭配，顯得高雅大方，展現出一種低調的奢華風，完全不會給人暴發戶的感覺。這件新衣，真可以稱得上是前所未有的傑作！」

看著晚報的描述，皮諾丘心裡不禁說了一聲「好險！」幸好他那時沒說出來；要不然，就讓人家知道他的愚笨了！

一夜好眠。刷牙洗臉之後，皮諾丘去吃早餐，順便看看報紙。早報的頭版標題是：「國際詐騙集團落網，名偵探柯南建功！」旁邊的照片赫然是那兩個「國際知名設計師」！

原來，這兩個主嫌跟他們的助手，專門在國際間詐騙王室貴族、高官以及富豪，針對他們所喜愛的事物進行詐騙；這次來到這個小國，便鎖定了國王喜歡衣裝的興趣行騙。還好，國際名偵探柯南追蹤他們到此，逮捕了那兩個「設計師」；大家才知道，國王的新衣原來是假的！

看到報導的民眾們，下一個念頭是：那天，他們真的看到了國王的裸體！

給小朋友的貼心話

這篇故事改編自《安徒生童話》。

為什麼這麼多人都看到「國王沒穿衣服」，卻沒人敢說實話呢？因為人們都被「只有笨蛋看不到新衣」這個說法先將腦袋綁住了，所以沒人敢提出疑問。他們可說是犯了「訴諸權威的謬誤」——以為某些權威（故事裡的設計師）或名人講的話就是對的。

其次，因為大家都這麼說，所以便認為「許多人」的說法是對的，這則是犯了「訴諸群眾的謬誤」；「三人成虎」、「曾參殺人」便是這個謬誤的例子。

想想看，還有哪些「訴諸權威」及「訴諸群眾」的例子呢？

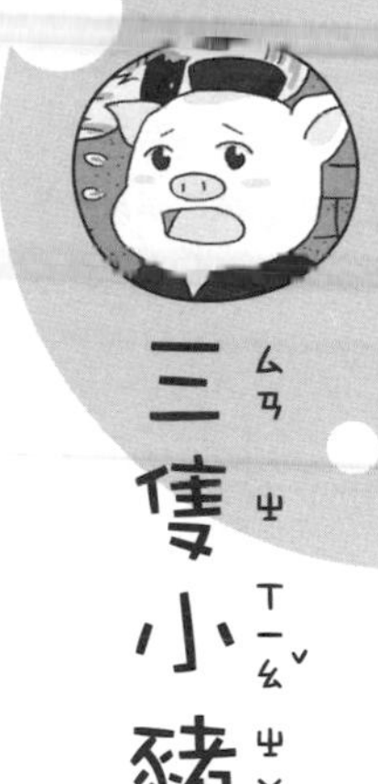

三隻小豬

皮格家的三隻小豬長大了，原來的屋子不夠住，所以他們要離開家，各自去蓋自己要住的房子。媽媽叮嚀他們，外面有颱風、有大雨，還有大野狼，一定要蓋一間堅固的房子才行。

豬大跟豬二都覺得，要蓋房子，去請教「學問好」的人準沒錯。於是，豬大去問一位有名的詩人；那位詩人最喜歡歌詠大自然的風光。豬大去拜訪詩人時，他正看著一片稻田；詩人說，用稻草做吧，住起來一定很有味道！

豬大開始用稻草蓋房子，三天就蓋好了。

豬二遇到一位有名的醫生，醫生很喜歡木製品。他告訴豬二說，就用木材蓋房子吧，住起來感覺比較溫暖休閒。

豬二便用木材蓋房子，一星期就蓋好了。

豬三則以為，蓋房子應該跟學問好不好沒有絕對的關係吧？於是，他去請教一位普通的建築工人。工人說：「我知道鋼筋水泥的房子最堅固了，我教你吧！」

豬三便用鋼筋水泥蓋房子，蓋了三個月才蓋好。

再度走上旅途的皮諾丘，走著走著，看見了正在忙著整理剩餘建材的豬三。「哈囉！你好！需要我幫忙嗎？」

「好啊！謝謝你嘍！請幫我將這些磚頭搬到旁邊去吧！」豬三說。

到了午後，總算整理好了，豬三便邀小木偶一起喝下午茶。他們聊到，最近有幾隻大野狼做了壞事，大家便口耳相傳：「大野狼最壞了，還會吃掉小動物，大家要小心呵！」

正聊得開心，忽然，豬三從窗子看見豬大跟豬二急急忙忙的跑了過來，他馬上開門迎接。

「嗨！大哥、二哥！好久不見！咦？你們怎麼了？」看見兩隻小豬跑得氣喘吁吁，他又說，「來，先休息一下，發生了什麼事？」

「先進到屋裡再說吧！」豬大說。他們便進到了屋裡，豬二還仔細的將鋼製的大門關好、鎖好。

「我的自然風稻草屋被大野狼毀了！」豬大說。

「我的休閒小木屋也被大野狼毀了！」豬二說。

「我正在吃午餐的時候，門忽然被打破；我嚇了一跳，竟然是大野狼！我一看到他，就趕緊從後門跑掉，他還在我後面大吼大叫呢！我根本沒聽清楚他說什麼，就拚命的跑到豬二那裡去。」

「大哥跑到我家的時候，我才剛吃完午飯，準備睡午覺呢！大哥拚命的拍我家的門，我還以為發生了什麼事；聽大哥說完，才知道大野狼竟然將他家拆了！我覺得，我這木頭房子應該沒問題吧！用的都是木材，比大哥家的稻草強多了。

「正要倒茶給大哥喝時，卻傳來響亮的拍門聲；我從觀看來人的小洞一看，原來是大野狼！他不知道在門外吼些什麼，我不理他，以為他一定沒辦法進來。想不到，他又拍了幾下後，木板門竟然也裂了！我和大哥吃了一驚，馬上拔腿從後門逃出來，跑過來投靠你。」

「哇！大野狼那麼厲害啊？連小木屋都能打壞！嗯，放心好了，就算他再厲害，也不可能將我家的鋼製大門打壞吧！你們先好好休息。」

就在豬三倒茶給兩位哥哥的時候，從前門傳來了「咚！咚！

咚！」的聲響。「咦？有人在敲門。不會是大野狼吧？」皮諾丘說。

只聽到門外的大野狼不知在吼叫些什麼，大概是叫累了；皮諾丘從窗戶望出去，看到大野狼垂頭喪氣的離開了。

給小朋友的貼心話

這篇改寫自英國童話作家Joseph Jacobs（傑各布斯）所蒐集的英國民間故事之一。

豬大跟豬二很明顯的犯了前面提過的「訴諸權威」的謬誤。想想看，諾貝爾獎得主除了他的專業外，是否什麼都懂呢？而且，即使是某種專業的權威，也可能有記錯或判斷錯誤的時候呵！

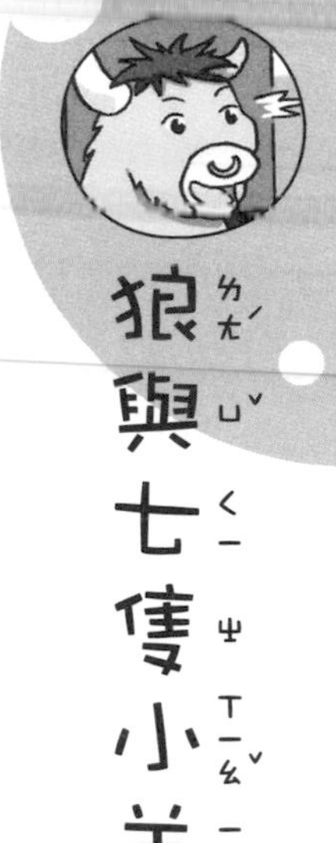

狼與七隻小羊

離開豬三的房子後，皮諾丘繼續旅程。

當他距離羊咩咩的屋子還有大約一百公尺時，遠遠看到一大團黑黑的、毛茸茸的東西，似乎在追逐著幾個白白的、也是毛茸茸的小東西；而且，還傳來一陣陣像是小孩子的尖叫聲。

皮諾丘覺得奇怪，便悄悄的走近一點，躲到路旁的一顆大石頭後面，想弄清楚到底發生了什麼事。他仔細一看：不得了啦！大野狼正在對七隻小羊張牙舞爪，好像要將他們吃下肚！

七隻小羊一個接一個的排成一行；最前面那一隻大概是老大，好像拚命的不讓大野狼抓到後面的小羊，大野狼只能繞著七隻小羊團團轉。

「糟了！小羊們會被大野狼吃掉的！怎麼辦？」皮諾丘好擔心，卻也覺得有些不太對，「奇怪？大野狼為什麼不直接抓那第一隻小羊就好了？」

還來不及細想，皮諾丘聽到後面好像有人走近的聲音，可能是羊媽媽回來了。皮諾丘趕緊奔上前去：「請問，您是不是羊媽媽？」

「是啊！請問您找我有什麼事嗎？」皮諾丘便趕緊告訴她大野狼的事情。

「天啊！我的孩子！」羊媽媽聽了皮諾丘的話，就想馬上衝回去

將小羊們救離狼吻。

「羊媽媽，您不要衝動，憑我們兩個人，是沒辦法趕走大野狼的。您可不可以找來附近的鄰居幫忙？」皮諾丘建議。

「嗚……你說得對，我想想看……對了，大野牛先生就住在附近！」

兩個人立刻跑到大野牛先生家，用力敲門；大野牛一開門，羊媽媽便哭著說：「野牛先生快救命啊！嗚……」

「原來是羊媽媽，怎麼回事？」羊媽媽急得直哭，皮諾丘便將事情告訴大野牛。

「這還得了！我們趕緊過去救那些小孩子！」野牛先生二話不說，馬上快速衝向羊媽媽家，將皮諾丘及羊媽媽遠遠拋在後頭。

快到羊咩咩家時，果然看到大野狼還在；野牛先生高喊一聲「哞！」便加速度的向大野狼衝過去。

大野狼回頭一看，兩隻尖又亮的牛角正對準他刺過來；他慌張的閃到一邊，一邊說：「等……等一下……」野牛卻不給他任何機會，猛追著他，大野狼只好逃之夭夭。

看到大野狼被趕跑了，羊媽媽馬上衝過去緊緊抱住小羊們：「孩子！你們都沒事吧？」羊媽媽流著眼淚，親吻每一隻小羊。

「沒事啊！媽媽，我們玩得正高興呢！您怎麼哭了？」最大的羊大寶說。

「玩？你們差一點兒被大野狼吃了，還玩呢！」

「大野狼？在哪裡？」聽到大野狼，小羊們馬上緊張起來。

「剛才跑掉的就是大野狼啊！」

「那位大叔是凶惡的大野狼？真的嗎？可是，他是好人呢！」羊二寶說。

「好人？你怎麼知道？」

「這個……媽媽，老實跟您說，您不要罵我們呵！您不在的時候，我們跑到馬路上玩，差一點兒被車子撞到，是那位大叔飛身將我們抱離開馬路的。」羊三寶吞吞吐吐的解釋。

「他看您不在家，我們又覺得無聊，便陪我們玩『老鷹捉小雞』——他當老鷹，我當母雞，弟弟妹妹們就是小雞嘍！」羊大寶說。

「難怪他不乾脆抓了第一隻小羊就跑，原來是在玩『老鷹捉小雞啊！』」皮諾丘這才恍然大悟。

皮諾丘對羊媽媽及大野牛說：「看來，是我們誤會大野狼了。」

給小朋友的貼心話

本篇改寫自《格林童話》。

這一次，皮諾丘他們三個人都犯了「訴諸感官的謬誤」：看到大野狼在「追逐」小羊，就以為小羊要被吃掉了！據研究，人不但在視覺上會有錯覺，有時還會只看到自己想看的事……

想想看，還有哪些例子是「訴諸感官的謬誤」呢？

小紅帽

告別了羊媽媽一家，皮諾丘繼續上路。走了大半天。他肚子餓了起來，附近卻看不到有飯館或人家。

這時，前面正好有一個穿著紅色連帽披風的小女孩經過，小木偶便上前問她。

「妳好！我叫皮諾丘，是個徒步旅行的旅人。請問這附近哪裡可以買到食物？」

「你好呀！大家都叫我小紅帽。這附近沒有賣食物的地方耶，要到鎮上才有。對了，我奶奶最近有點兒不舒服，我媽要我去探望她，就請你跟我一起走吧！她最好客了，我也常請朋友到我奶奶家做客；她的廚藝很棒，一定會好好請你吃一頓的。」

「那怎麼好意思！」皮諾丘正要推辭，「咕嚕……咕嚕……」他的肚子卻不爭氣的叫了起來。小紅帽說：「你就別客氣了，跟我來吧！」餓餓的肚子不斷抗議，皮諾丘只好跟著小紅帽走。

到了一間小木屋前，小紅帽說：「這就是我奶奶家了。」

「奶奶！奶奶！我是小紅帽，我來看您了！」小紅帽一邊敲著門，一邊高聲喊著。

「小紅帽嗎？門沒關，自己進來吧！」屋裡傳來低沉又沙啞的回應。

「咦？奶奶的聲音怎麼會這麼沙啞？不會是病得越來越重了吧？」小紅帽擔心的自言自語。

「請進吧！」小紅帽開門請皮諾丘進屋，然後朝著屋裡喊：「奶奶！您在哪裡？」

「我在我的臥室裡。」仍是沙啞的回答。

「妳奶奶還好吧？聲音聽起來這麼沙啞，好像很不舒服哩！」皮諾丘對小紅帽說。

小紅帽帶著皮諾丘來到奶奶的床邊，輕聲說：「奶奶，我來看您了；這位是我在路上遇到的朋友皮諾丘。」

皮諾丘小聲的說：「奶奶您好！」奶奶只是「嗯」了一聲。

小紅帽看了一下睡帽底下的奶奶，覺得好奇怪：「奶奶，您的耳朵怎麼變大了？」

「這個……是為了聽清楚妳的聲音啊！」

「您的嘴巴為什麼也變大、變長了呢？是不是因為生病啊？」小紅帽好擔心。

「我的嘴巴變大，為的就是要……吼！」

想不到，外婆竟然變成了大野狼！

「啊！又是大野狼！」這是皮諾丘第三次遇到大野狼了。

「我的外婆一定被你吃掉了！救命啊！」小紅帽大喊，大野狼好像慌張的想解釋什麼。

忽然間，「砰！」一聲，有人撞開門闖了進來；「不許動！」只見一個人手上拿著獵鎗，對準了大野狼。

原來，住在奶奶家附近的獵人剛好路過，聽到小紅帽的尖叫，便馬上衝了進來，用鎗指著大野狼，大野狼急忙高舉雙手。

「等一下！不要開鎗！」就在這個緊張的時候，外婆竟然從衣櫃中走了出來？

「奶奶！您沒事吧！」小紅帽撲到奶奶的懷裡，緊緊抱著奶奶。

「小紅帽乖，奶奶沒事啦！」奶奶口氣很慈祥，聲音很溫柔，完全聽不出有生病沙啞的樣子。

「獵人先生，請你將鎗放下，都是誤會一場啦！」奶奶對獵人說完，又對大野狼說：「真對不起，害你被誤會，真是委屈你了。」

「唉！您再晚一點，我就沒命嘍！」大野狼嘆了一口氣，放下雙手，神情無奈。

「奶奶，這到底是怎麼一回事？為什麼大野狼會在您的床上？」

「因為今天是妳的生日嘛！」奶奶說，「所以我想給妳來個surprise，才叫妳媽說個小謊，要妳過來看我。為了讓妳真的嚇一跳，我還請剛好路過的大野狼扮成我的樣子躺在床上。」

「奶奶！我還真的嚇到了啦！連我請回家的客人都被嚇到了。」

小紅帽抗議說，「還好野狼先生沒事，否則……」

「野狼先生，真對不起，我們錯怪您了！」小紅帽跟皮諾丘一起對大野狼說。

「我也應該向你道歉啊！」奶奶說，「大野狼，真對不起，為了讓你幫我玩這個遊戲，害你差點兒連命都沒了。」

「唉！」大野狼又嘆了一口氣，「算了，誰叫我們狼族有些不守規矩的害群之馬呢！不過，做壞事的只有幾隻壞野狼，為什麼大家就誤會所有的大野狼都是壞蛋？」

皮諾丘說：「我們應該跟其他人說，不要因為幾隻狼做惡，就將所有的狼都看成壞人，這樣對他們是很不公平的！」

「嗯！說得真好。」奶奶對大家說，「幸好誤會解釋清楚了。大家到飯廳坐吧！別忘了，今天是小紅帽的生日，我們一起吃蛋糕吧——

是小紅帽最愛的草莓鮮奶油蛋糕呵！」

「耶！」大家一起歡呼。

給小朋友的貼心話

這篇故事改編自《格林童話》。

皮諾丘及小紅帽犯了前面提過的「以偏概全的謬誤」：「部分的」大野狼做惡，並不等於「全部的」大野狼都是壞人。

小朋友，觀察人或事情時，要記得不能「以偏概全」呵！這是很容易犯的思維謬誤呢！

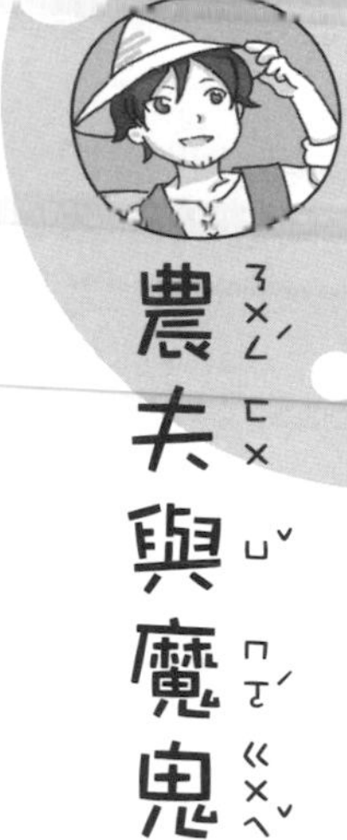

農夫與魔鬼

這一天，皮諾丘在路上遇見一位正在耕作的農夫，便幫他整理農作物。要跟他一起回家時，發現田裡竟有一個黑色的小魔鬼坐在小土堆上。

「你坐在這裡幹嘛？」農夫問。

「這下面有財寶，」魔鬼回答，「比你一生見到的都要多呢！」

「財寶在我田裡就得歸我。」農夫理直氣壯的說。

「那就歸你吧！」魔鬼說，「但是，你要將兩年內一半的收成給我，否則我就將這些財寶變成一堆糞土！財寶，我有的是；但是，比起冷冰冰的財寶，我更喜歡大地上活生生的農作物。」

「一旦讓魔鬼得到了我用心盡力耕種的農作物，他的欲望會更強，魔力也會更大啊！」農夫心想。

他靈機一動，答應了魔鬼，並說：「為了避免我們分配農作物時產生糾紛，在泥土上的部分歸你，泥土下的歸我吧！」

「一言為定！」魔鬼心滿意足的說。

皮諾丘問：「你跟魔鬼交易，這樣好嗎？」「沒關係啦！我自有妙計。」

這個聰明的農夫在田裡種了蘿蔔。收穫的季節到了，魔鬼除了那些蘿蔔葉之外，一無所獲。

「這次讓你占了便宜！」魔鬼說，「下次不能再這樣了！我們調

換過來，地上的歸你，地下的歸我。」「好啊！沒問題。」農夫很爽快的答應了。

「下次你要種什麼呢？」皮諾丘問。「嘿嘿，你看著吧！」農夫胸有成竹的說。

播種的季節又到了，這次農夫卻種了稻米。收成季節來到時，魔鬼除了剩下的稻梗外，又是一無所獲。魔鬼沒辦法否認自己口頭所立的契約，只能氣得鑽進石縫，回到地獄裡去。

看魔鬼生氣的走了，農夫跟皮諾丘趕緊將財寶挖出來，開開心心的帶回家去。

給小朋友的貼心話

這篇故事改編自《格林童話》。

農夫利用字詞定義不清，讓魔鬼犯了「歧義─含混」的謬誤，藉此欺騙了魔鬼。

小朋友，你能不能舉出其他「歧義─含混」的例子呢？你在說話時，也要注意是否犯了這樣的謬誤，免得雞同鴨講，甚至受騙上當呵！

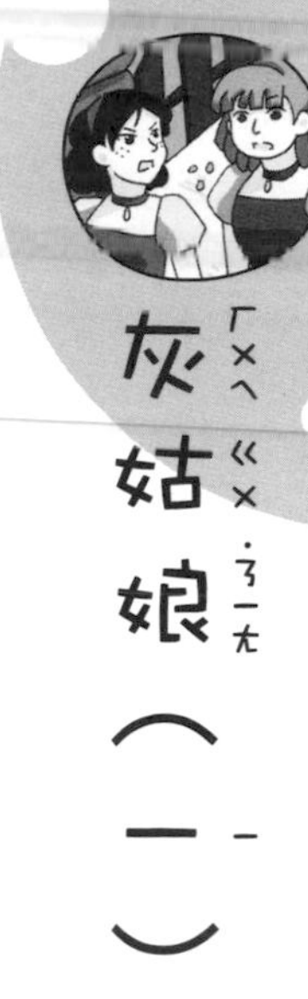

灰姑娘（一）

「小心！」走在路上的皮諾丘看到前面提著大水桶的女孩差一點兒就跌倒，趕忙走上前去幫她。

「謝謝你，小朋友；我沒事，只是絆到了石頭。」女孩笑著說。

皮諾丘看了一下這位女孩：她是一位很可愛的大姊姊，衣服有多處補丁，但是很乾淨。雖然比不上白雪公主美麗，不過笑容很甜美，說話的聲音很溫柔；手臂雖然纖細，卻讓人感覺很有力量。

「小朋友，我看你揹著一個旅行背包，你是從哪兒來的啊？」

「大姊姊好，我叫皮諾丘，正在四處旅行及學習。」

「那我叫你小皮，可以嗎？」女孩客氣的問。

皮諾丘點點頭。女孩接著說：「我叫仙蒂瑞拉（Cinderella）；因為我身上常會有一些煤灰或灰塵，所以大家又叫我『灰姑娘』。我住的地方就在附近，你若是不嫌棄的話，就到我家坐坐吧！」

「我剛好想要找一個休息的地方呢！那我就不客氣了。謝謝姊姊！」

於是，皮諾丘便跟著仙蒂瑞拉到她家去。走了一小段路，仙蒂瑞拉指著前面一座像是皇宮似的大房子說：「那就是我家了。」

「哇！大姊姊家是有錢人啊，住那麼大的房子！」

「呵呵，你看錯了啦！我只是住在旁邊的那個小木屋而已。那座房子是我的繼母和她的兩個女兒住的地方。」

「啊？為什麼呢？」

「說來話長，進去再說吧！」

進到木屋，空間雖小，但仙蒂瑞拉整理得十分整潔，而且還放了一小瓶野花點綴。

她準備了熱茶及一些自己做的小餅乾請皮諾丘享用，然後說起她的故事。

原來，仙蒂瑞拉是獨生女，她的母親早逝，她的父親娶了個繼母回來，幫他管理家裡及照顧仙蒂瑞拉；繼母嫁過來時，也帶了兩個女兒。

她父親還沒過世時，繼母待她還不錯。父親去世後，大概是受了繼母那邊的親戚影響，她竟然將所有的財產轉到自己及兩個女兒名下，只給了她一間小木屋。她平時就在那幢大房子裡幫忙打掃，賺取生活費。

「哇！妳繼母好壞啊！我之前遇到一位白雪公主，她的繼母甚至想害死她呢！是不是所有的繼母都這麼壞啊？」

「皮諾丘，你這麼說就太『以偏概全』嘍！還是有很好的繼母啊！其實，我繼母之前待我也不錯啦；不過，總是自己親生的子女比較重要嘛！她給了我這間小屋，又讓我在大宅裡工作，已經相當照顧我嘍！」仙蒂瑞拉知足的說。

這時，從窗外傳來一陣叫喊聲：「號外！號外！王宮要舉行舞會嘍！」還有人發給每一家傳單。

皮諾丘一看傳單上寫的內容；原來，週末晚上，王宮要舉辦盛大的舞會，王子會從所有參加的姑娘中挑選未來的王后呢！

仙蒂瑞拉的兩個姊姊這時從門前經過，一邊討論著：

「我上次在百貨公司看到巨星林痣玲的廣告，便想買跟她一樣的化妝品！」

「我也是耶！如果能使用這套化妝品變得美麗，未來的王后就是我嘍！」

「妳想得美！是我啦！」「妳想太多！一定是我！」「是我！」「是我！」……

看到那兩個姊妹的樣子，皮諾丘不禁搖頭。他對仙蒂瑞拉說：「大姊姊，妳長得那麼美麗，妳也應該去參加舞會啊！若是再用那什麼林痣玲代言的化妝品，一定會更美麗，說不定就成了未來的王妃呢！」

仙蒂瑞拉微笑的說：「或許化妝品可以讓皮膚變得細緻有光澤，但是它決不可能擁有改變五官輪廓的魔法，讓人從醜小鴨變天鵝。你想想看，林痣玲在代言化妝品之前，是不是本來就長得漂亮？如果是的話，就不是用那組化妝品才漂亮的；再說，在那化妝品上市前，她又是用什麼呢？所以啊，我才不會花這麼多錢去買這些大做廣告的化妝品呢！話說回來，我也沒錢買就是了。呵呵……」

「嗯，大姊姊，妳說的有道理耶！」

「好了，別說這些了，來幫我準備晚飯吧！今晚有熱騰騰的麵包和玉米濃湯呵！」

「好讚！我來幫忙！」皮諾丘笑著跟仙蒂瑞拉一起準備晚餐。

給小朋友的貼心話

這篇故事改編自《格林童話》。

皮諾丘及仙蒂瑞拉的兩個姊姊都犯了「訴諸權威（名人）的謬誤」。其實，很多商品廣告都依賴某種「訴諸名人」以及「訴諸群眾」的謬誤。小朋友，當你因為廣告而想要買某些東西時，先想想看你是被廣告所吸引，或者那真的是你所需要的東西吧！

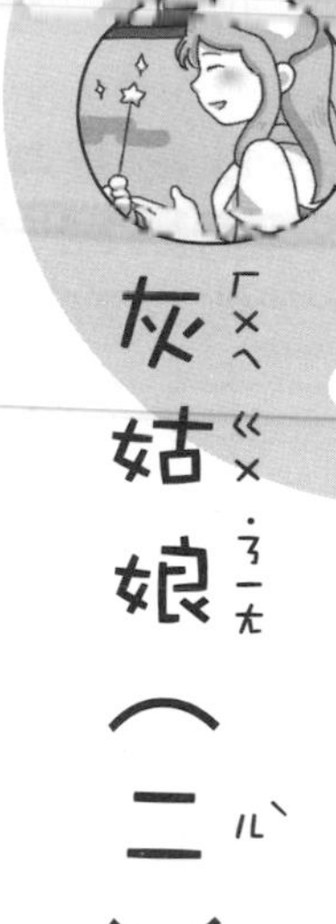

灰姑娘（二）

皮諾丘跟灰姑娘正在享用簡單但溫暖的晚餐時，小木屋裡忽然出現亮光閃閃，從中冒出了一個人影。

「是誰？」皮諾丘馬上站到仙蒂瑞拉身邊想要保護她——雖然兩腳有點發抖。

「小皮，別緊張，這位是我的神仙教母。」

「小仙蒂，妳好啊！這位小男孩是誰啊？」

「他叫皮諾丘，是借住在這兒的旅人。教母找我有什麼事嗎？」

「妳應該知道王宮舞會的事吧！聽說王子會從參加舞會的女孩裡

面挑選王妃，這是個不可多得的機會呢！妳既然不願我幫妳將財產從妳繼母手中拿回來，總可以趁這次機會，「麻雀變鳳凰」，成為人人羨慕的高貴王妃，這不是很好嗎？

「妳瞧！我連道具都已經準備好了呢！南瓜可以變成豪華轎車，一隻可愛又忠心的小天竺鼠可以成為妳的司機；我還為妳特別準備了一襲美麗的晚禮服及一雙閃亮的水晶玻璃鞋，包妳成為整個舞會最耀眼的女孩！」神仙教母滔滔不絕的說。

「教母，謝謝您的好意；但是，我並不想去耶！」

皮諾丘覺得很奇怪：「大姊姊，妳為什麼不想去呢？妳那麼美麗，很有可能被王子選為王妃呢！以後，就可以住好大的王宮，有專人伺

候，出門還有車隊護衛，多讚啊？」

「是啊！這個小朋友說得很對呢！這樣妳以後就不必看妳繼母的臉色了啊！」教母也附和皮諾丘的說法。

「或許小皮說得沒錯吧？」仙蒂瑞拉反問皮諾丘，「可是，小皮，你為什麼會這麼想呢？生活一定要有大房子及汽車才會快樂、幸福嗎？」

「大家不是都這麼說、這麼想嗎？」

「大家都認為對的、好的事情不一定對每個人都好啊！我喜歡小巧但乾淨的屋子，喜歡騎著腳踏車去郊遊；對我來說，這才是幸福啊！若是成了王妃，一天到晚都有好多規矩，還會被狗仔隊偷拍，走在路上也會被人指指點點，多不自在啊！再說，我也不喜歡去舞會那種地方，大家比來比去，一點都不好玩。」仙蒂瑞拉說出自己的想法。

教母說：「嗯，小仙蒂，妳真的長大了！不跟隨潮流或眾人的意見，而能有自己的想法，真是太了不起了！若是有需要我幫忙的地方，就呼喚我吧！」

「大姊姊，我也要向您學習，要有自己的想法，不再盲目聽從其他人的意見。」皮諾丘佩服的說。

「傻孩子，我沒那麼了不起啦！只是自己想過得自在及幸福而已。好了，我們快吃，晚上早點兒休息吧！」

據說，後來灰姑娘嫁給了那個欺騙過魔鬼的農夫，兩個人從此過著幸福快樂的日子。

給小朋友的貼心話

小朋友，「大家都認為對的、好的事情」就一定是正確的嗎？以前有一段時間，大家都認為地球是平的呵！還有一段時期，許多國家都將「奴隸」當成很普通的事呢！現在還有人會這麼認為嗎？皮諾丘以為「大家都認為對的、好的事情」就是對的，這也是犯了「訴諸群眾的謬誤」呵！對於某些大家「習慣」的事情，你也可以思考看看：這樣真的對嗎？

賣火柴的小女孩

一個飄著雪的日子裡，雪花繽紛，一片銀白世界；雖然美麗，對於衣衫單薄的人可就有點兒吃不消了。

雪夜裡，一個只穿著小外套及連身長裙的小女孩，茫然的走在紅綠燈閃爍的十字路口，手上拿著一籃火柴。她在這附近叫賣火柴，要賣出火柴才有飯吃；可是，她今天又沒有賣出火柴。

「好冷……」小女孩的臉蛋及嘴唇都凍得紅通通的，手也凍僵了，沒有一點知覺。她對著手心哈氣，希望能讓手溫暖一點；不過，似乎一點作用也沒有。

「咕嚕……咕嚕……」她的肚子不停抗議；從昨晚吃過一塊麵包之後，她就沒有再吃東西了。

「實在太冷了……沒辦法，只好用這些火柴先暖和一下。」小女孩心想。

當她劃下第一根火柴，微弱的火光照亮了小女孩周圍，溫度也好像稍微升高了一點點。

「喔！好暖和啊！」不只是溫暖，眼前竟然還出現了美味的麵包及蛋糕，還有熱騰騰的甜紅茶，小女孩似乎真的聞到了香味。

不過，這麼冷的天氣，火柴很快就熄了。她連忙又劃了一根火柴；這次，火光裡卻出現了爸爸媽媽的身影。

「爸！媽！我好想您們呵！」在她還小的時候，爸媽就因車禍去世了。看到火光裡的爸爸媽媽，她不禁向前走去，想投到他們懷裡，緊緊擁抱他們。

這時，紅燈亮了，走到十字路口的她卻還是不知不覺的往前快步走去；有一輛小貨車剛衝出路口，煞車不及，撞上了小女孩！

「小妹妹！小妹妹！妳沒事

吧？」路過的皮諾丘連忙上前探問；還好，女孩只是擦傷，可能因驚嚇而昏過去。

「請幫幫忙打電話叫救護車吧！」皮諾丘大喊。

「車子撞到人嘍！一定是車子不好！都是司機開太快，才會撞到人啦！」看到的路人紛紛指責。

「你說！你要怎麼負責？」有人對著司機怒吼。

四周圍了一圈路人，大家指指點點，都說那瘦弱的小女孩好可憐，一定都是貨車司機不好。

正當這個老實的司機急得不知如何是好的時候，有位紳士走下車子。

「各位、各位！請聽我說。」紳士說，「事情發生的時候，我的車子就停在這位司機的旁邊，所以我目睹了經過。」

待路人安靜下來之後，紳士繼續說：「雖然這個小女孩很可憐；不過，闖紅燈的是她。貨車的速度或許快了一點，但司機是依燈號行進，所以錯不在司機。」

皮諾丘本來跟路人一樣，都以為是貨車司機的錯，一直對他怒目而視；經紳士的說明後，才知道事情的真相並不是他們所想的那樣。

「謝謝！真是謝謝您！」司機感激得流淚。看到司機那可憐的神情，皮諾丘心裡頗為過意不去。

這時候，小女孩醒了過來。「孩子，妳住在哪裡？怎麼通知妳的爸爸媽媽？」紳士問。

「我沒有爸爸媽媽……」小女孩流下了眼淚。

「這樣啊……我先送妳去醫院好了。」紳士又對皮諾丘說，「小朋友，若是方便，可不可以請你跟我一起來陪著她？」

紳士帶著小女孩去看醫生，知道了她的身世，膝下無子的紳士便決定收養她。陪著女孩的皮諾丘也為她感到開心。

給小朋友的貼心話

這篇故事改編自《安徒生童話》。

皮諾丘跟路人們看到小女孩被撞倒，就以為是貨車司機的錯，這便是「訴諸憐憫的謬誤」——因為憐憫，就認為「可憐」或「弱勢」的人是對的。小朋友，當你遇到這樣的事情時，要先瞭解事情的真實經過才能下判斷呵！

傑克與魔豆

皮諾丘再度走上旅途，要到另一個童話小鎮去。

正吹著口哨走在路上的時候，他看見：咦？前面好像有人在爬樹？走到近處才看清楚：原來，是一個跟他年紀差不多的小男孩，正在爬一條長得好高的藤蔓；那條藤蔓直長上天，皮諾丘向上望去，還看不到盡頭呢！

「喂——你在做什麼——？」他高聲對小男孩喊著。

小男孩聽到下面有人叫他，反正還沒爬得很高，便溜了下來。皮諾丘走到他面前問：「你好啊！我叫皮諾丘，是個旅人。請問你在幹嘛？怎麼會有這麼高的藤蔓啊！」

「哈囉！我叫傑克。關於這株藤蔓，可就說來話長了。」小男孩說。

「那就請你長話短說吧！」皮諾丘笑著說。

於是，傑克簡單的說明了經過。原來，他用牛換了幾顆豆子，被母親罵了一頓；他一氣之下將豆子都丟到田裡，只過了一夜，田裡竟然就長出了好高好高的藤蔓。他便想爬上去看看，看藤蔓到底長到哪裡，也可以順便俯瞰整個小鎮的風光。

「聽起來好像滿有趣的。我可以跟你一起爬嗎？」皮諾丘好奇的說。

「好啊！若是你不覺得害怕的話。」

於是，兩個人就開始往上爬。

爬啊爬啊，經過一層又一層的雲，還從上面欣賞了整個小鎮的風光。當他們爬到最頂端時，發現那兒竟然有一大片土地！

「咦？你看，前面有一棟木屋耶！我們過去看看吧！」傑克說。

走近一看才知，那棟木屋可不是普通的木屋；門的高度就跟城門的高度差不多，「小木屋」幾乎跟一座城堡一樣大。

門沒有關好，他們就從門縫裡擠了進去。進到裡面，他們又嚇了一跳：屋裡的桌子、椅子等，比他們常見的桌椅至少大了十倍！他們看到桌上有一隻關在籠裡的母雞，還有一具巨大的豎琴。

「誰會住在這麼大的屋子、用這麼大的桌椅啊？」皮諾丘問；

「我也不知道……」傑克有些害怕的說。

話才剛說完，就聽到「咚、咚、咚」的巨大腳步聲接近屋子，他們連忙躲到桌腳邊。

門慢慢打開了——天啊！是巨人！傑克跟皮諾丘緊張得呼吸都快停了。

巨人拿著一袋食物從外面進來，嘴裡還說著：「我最喜歡吃人……」話沒說完，就咳嗽起來。

聽到巨人說他喜歡「吃人」，傑克跟皮諾丘嚇得直發抖。

只見巨人將食物放在桌上，打開了籠子，將母雞捧了起來，窩裡有兩顆閃閃發光的橢圓物體——母雞竟然生下了金蛋！

他又輕輕撥了一下豎琴的弦，豎琴便自動彈出美妙的音樂。

兩個人看了好驚訝！不過，還是性命要緊。他們做個手勢，一起輕手輕腳的往門邊走。就快走到門口的時候，身體卻被一隻大手抓住，舉了起來──他們還是讓巨人發現了！

「饒了我們吧！不要吃掉我們！」傑克大喊。

「我只是木頭，我不好吃啊！」皮諾丘也苦苦哀求。

巨人奇怪的問：「你們怎麼了？

誰要吃掉你們啊？」

「你剛剛不是說你最喜歡吃人嗎？」傑克還是緊張的叫著。

「喔！」巨人這才恍然大悟，竟然笑了出來，「小朋友，你們聽話只聽一半啊！我不是『喜歡吃人』，是『喜歡吃人類做的麵包』啦！你們看！」

兩人往桌上一看，果然有一小堆香噴噴的麵包。

巨人將兩個人放到桌上，接著說：「我們巨人一族中也有長得比較矮小的，便請他去跟人類做生意，免得嚇到像你們這樣的普通人；這便是我向他買來的、人類手工製的麵包。」

兩個人這才放下心來。由於巨人很少有訪客，很歡迎他們的到來，便請兩個人吃飯；要離開時，還送他們每人一顆金蛋呢！

給小朋友的貼心話

這篇故事改寫自《格林童話》。

一個小笑話：媽媽對小明說：「你這次月考如果考一百分，媽媽就送你玩具！」考完後，小明對媽媽說：「媽媽，我這次月考考一百分耶！」媽媽開心的說：「不錯啊！哪一科考一百？」小明：「我三科總共考一百分！」

像傑克跟小明這樣，便是犯了「斷章取義的謬誤」——沒有聽完整段話而產生誤會、或是「故意」扭曲了話的原意。小朋友，聽人家說的話或意見，可不能斷章取義呵！

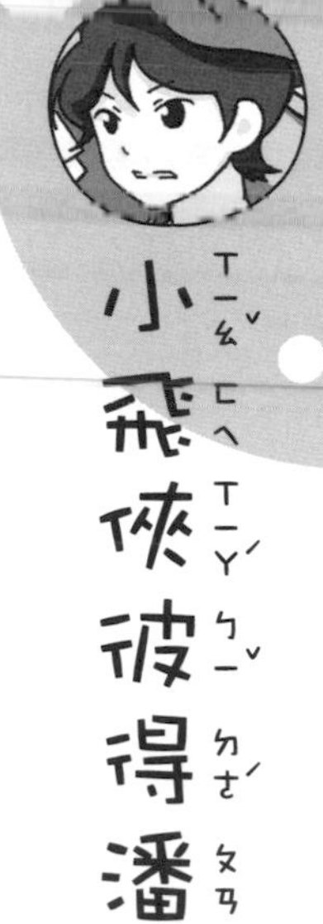

小飛俠彼得潘

「嗨！你好啊！請問你有沒有看到一個小仙子經過？」

走在「永無島（Neverland）之道」上的皮諾丘抬頭一看，一個飛在半空中的男孩神色緊張的問他。

「沒有耶！我在這條路上沒遇見任何人。」皮諾丘回答。

「謝謝你。對了，我叫彼得潘，我正在找我的朋友小仙子。」男孩說。

皮諾丘問他怎麼回事，彼得潘告訴他：小仙子已經失蹤一天了，他及他的小精靈朋友們幾乎將永無島都找遍了，卻找不出小仙子的蹤跡。

「我正要去找虎克船長。」彼得潘說，「他跟他的海盜同伴們，是永無島裡唯一的一群壞蛋。有小精靈懷疑，可能是他將小仙子綁走了，所以我要去找他問個清楚。」

「我可以跟你一起去看看嗎？」皮諾丘沒見過海盜，滿好奇的。

「好啊！」喜歡朋友的彼得潘說，「如果你不怕危險的話。」

「我會保護自己的！」皮諾丘勇敢的說，雖然有點小害怕。

「那就跟我來吧！飛！飛！」彼得潘帶著皮諾丘飛了起來。

「哇！好好玩呵！」皮諾丘滿喜歡這種飛在天空的感覺。

過了不久，他看到海上有一艘船，那就是虎克船長跟他的海盜們住的地方；有些小精靈已經先到達了，彼得潘他們便降落在甲板上。

一看到彼得潘，所有的海盜都圍了過來，他卻毫無懼色。

「虎克！虎克！」彼得潘高喊。

這時候，有個戴著大大的船長帽的人從艙門走了出來；他長得高瘦、兩頰瘦削、眼神尖銳，留著兩撇鬍子，下巴還有點兒山羊鬍。皮諾丘仔細一看，他的左手沒了手掌，卻裝上了一隻閃亮的鋼鉤。

「彼得潘！你別欺人太甚了！我又沒惹你，你倒跑來我船上大喊大叫！」虎克船長說。

「我問你，我們家的小仙子是不是被你和你的手下抓走了？」

「笑話！你們家那個小不點，值得我捉她嗎？我又不是她的保母，找不到就來找我要人？哈哈！」海盜們跟著一起大笑。

彼得潘看著虎克船長的眼睛，覺得他應該沒有騙人，想要叫大家離開，到別處去找。這時候，卻有一個小精靈大聲說：「你們是強盜，都是一群罪大惡極的壞蛋，一定不誠實！小仙子一定是你抓走了！」

「可惡！我雖然壞，但是一向敢做敢當、說話算話！」虎克船長氣得額頭冒出青筋，「我說人不是我抓的，就不是我抓的，你竟敢誣賴我！既然如此，我就做給你們看！兄弟們，將他們全都抓起來！」

海盜便和彼得潘及小精靈們展開了大戰，無辜的皮諾丘也被一個胖海盜追著跑。

「彼得潘！怎麼回事？大家為什麼打起來了？」小仙子忽然出現，在彼得潘身邊問他。

「小仙子？妳怎麼會在這裡？大家住手！」彼得潘大聲喝止亂鬥，然後對小仙子說，「我們是為了找妳，才跟虎克他們打起來的。妳到底去哪兒了？」

「這個……」小仙子很不好意思的告訴彼得潘，她偷偷從永無島跑到人的世界去找溫蒂玩了，卻沒有告訴彼得潘或其他人。

「虎克，是我沒查清楚就找你要人，是我的錯，我向你道歉！」

彼得潘敢做敢當，坦率的向虎克船長道歉。

「哼！算了！懶得跟你計較。你以後有什麼事，可別都往我們這群『罪大惡極』的『壞蛋』頭上推。兄弟們，別理這些『好人』！」

虎克船長冷笑一聲，走進了船艙。

給小朋友的貼心話

這篇故事改編自英國劇作家詹姆．巴利（Sir James Barrie，1860-1937）的著名劇作。

當小精靈以虎克是強盜而否定他說的話的真實性，便犯了「人身攻擊的謬誤」。因為，若強盜說「一加一等於二」，並不能因他是強盜就說這個答案是錯的；同樣的，在沒有證據的狀況下，他說自己沒有犯過罪，你也不能說他一定在說謊。

更可怕的是，先說某人是「壞人」、「罪犯」，然後將許多無關的罪名加到這個人甚至他的家人身上。小朋友，這樣做的話，可能會傷害無辜的人呵！

糖果屋

「哎呀！怎麼辦？好像迷路了……」

皮諾丘原本沿著大馬路走的，為了抄捷徑穿過森林，便走地圖上沒有的小徑，卻在森林裡迷了路，天黑了還沒走出森林。

這時，他聽到有人說話的聲音：「哥哥，我好怕呵！」「妹妹別怕，我們一定能走出去的。」

「咦？好像是一對兄妹耶？說不定他們知道怎麼出去。」皮諾丘心想。

「哈囉！」皮諾丘走到他們面前打了聲招呼。

皮諾丘的出現，嚇了這對兄妹一跳；「你是誰！」哥哥馬上站在前面護住妹妹。

「不好意思，我叫皮諾丘，正在四處旅行學習中，不小心在這森林裡迷路了。請問你們知道怎麼走出去嗎？」

「唉！我們也迷路了。」哥哥說，「我叫漢賽爾，這是我妹妹葛麗特。既然你也迷路了，我們就一起找出路吧！」

走著走著，葛麗特忽然說：「哥哥！你有沒有聞到一股甜甜的味道？」

「有耶！我聞到了！」漢賽爾說。「我也聞到了，好香呵！」皮諾丘也興奮的說。

他們便順著這股香甜味走去。忽然，一座小房子出現在眼前——是一座糖果屋！

這座屋子的牆是餅乾做的，屋頂是麵包鋪成的，窗戶則是糖果做的。三個早已經饑腸轆轆的小孩馬上敲下牆壁猛吃！

「小朋友，你們在幹什麼？」在他們大嚼之際，忽然有一個老婆婆出現；她看起來又瘦又乾，有點像是故事裡的恐怖巫婆呢！

三個人嚇了一跳，漢賽爾連忙問：「老婆婆，您是誰啊？」

「我就是這棟糖果屋的主人啊！」老婆婆說話的聲音低沉沙啞，「別吃了，這些其實只是幻覺而已。進來吧！我請你們吃真正的食物。」

「幻覺？」三個人半信半疑的走進屋裡。

進了屋裡，老婆婆先讓他們吃些小餅乾，並對他們說：「你們先休息一下，我去準備一點熱食，讓你們暖暖身子。」

就在老婆婆轉身進廚房的時候，漢賽爾小聲的對其他兩個人說：「我想起來了！我以前聽人說過，森林裡有個老婆婆，會將小孩養胖之後吃掉耶！」

「好恐怖呵！哥哥你不要故意嚇我。」葛麗特的聲音有些發抖。

「老婆婆看起來雖然恐怖，但是對我們這麼好，應該不是壞人吧？」皮諾丘說。

「是啊！說不定老婆婆已經變善良，不吃小孩了啦！」葛麗特說。

他們才剛說完，老婆婆就端來一大盤熱麵包及一大碗熱湯，並且問說：「你們在聊什麼，可以說給我聽嗎？」

「老婆婆，您……您以後是不是不再吃小孩了？」天真的葛麗特馬上不假思索的問。

「妹妹！妳幹嘛說出來啊！」漢賽爾一時緊張，大聲的喊了出來；說了之後才想起來露了馬腳，急忙用手摀住嘴巴。他扯了扯皮諾丘的衣服，準備隨時拉著妹妹往外衝。

「小妹妹，妳問得好奇怪呵！」老婆婆笑著說，「如果我說是，就表示我以前吃過；如果我說不是，就表示我以後還會吃小孩。可是，我根本沒吃過小孩啊！」

「真的嗎？」他們異口同聲的相互看了一眼；漢賽爾便鼓起勇氣說：「可是，您為什麼要變出這間糖果屋呢？我們聽說，有些小孩進到森林來看糖果屋後就失蹤了；所以，便有『森林裡的老婆婆會吃人』的傳說……」

「唉！我只是要用糖果屋的香味吸引迷路的人過來休息，沒有一點惡意啊！」老婆婆解釋說。

「至於你說的那些失蹤的小孩，我想，應該是那些沒有父母的孤兒吧！他們到我這兒之後，我就幫他們在其他城鎮找了收養的家庭嘍！」

「原來如此啊！看來，是我們錯怪您了。」皮諾丘說。

三人飽餐一頓之後，便在老婆婆的指點下回到了小鎮上。

給小朋友的貼心話

改寫自《格林童話》裡的〈漢賽爾與葛麗特〉（*Hansel and Gretel*）

小朋友，如果有人問從未偷東西的你：「你從此以後不會再偷東西了嗎？」你該怎麼回答呢？你當然不會說「不」——這表示你以後會偷東西；可是，你若答「是」的話，表示你以前偷過東西？

像這樣的問題，便是犯了「複合問題的謬誤」；很多時候，這種問題是故意設陷阱讓人難以回答。當你問別人問題時，可別犯了這樣的謬誤呵！

睡美人

「小朋友，請問一下！」正在看著地圖的皮諾丘聽到有人說話，便回頭瞧瞧；原來，是一位坐在一匹高大英挺白馬上的王子。

「您有什麼事嗎？」皮諾丘說。

「我趕了很長的路，人和馬都很累了，請問這附近有什麼可以休息的地方嗎？」

「我也不是住在這附近的人耶！不過，地圖上有標示，離這裡不遠的地方應該有一座城堡，說不定您能在那兒休息一下。」

「那太好了！麻煩你告訴我怎麼走好嗎！」王子很客氣的請求。

當皮諾丘想為這位王子說明的時候，王子又說：「對了，你若是順路，何不讓我們一起走呢？」

「好啊！那就謝謝您嘍！」走得腿有點痠的皮諾丘高興的說。兩個人坐在馬上，邊走邊聊彼此旅途上的見聞，說說笑笑，沒多久，就看到眼前有一座城堡；奇怪的是，城堡周圍竟然長滿了藤蔓，幾乎將整座城堡包在裡面。

當他們走近城堡時，仔細一看：好奇怪呵？城門前的守衛竟然睡著了！

「這兩個守衛實在太大膽了，大白天的竟然打瞌睡！喂！喂！快起來啊！」王子拍著其中一人的肩膀大聲喊道。

「咦？奇怪了，竟然叫不醒？」王子說。

「這城堡有點怪怪的耶！」皮諾丘將耳朵貼在門上聽了一會兒，對王子說：「裡面好像一點聲音都沒有。」

「是啊！還真是奇怪。我們進去看看好了！」王子提議。

兩個人用力推開了厚重的城門，走進城堡裡一看：整座城堡安靜無聲，所有的人竟然都睡著了！

「這……這是怎麼回事啊？」皮諾丘好驚訝。

「原來，這就是傳說中被詛咒的城堡啊！」王子像是想起了什麼，「我曾聽說，有一座城堡，因為裡面的公主被女巫下了詛咒，結果城堡裡的所有人都睡著了，公主從此成了『睡美人』。那可是上百年前的傳說呢！想不到，今天竟然被我遇上了……」

「我們到處看看吧！說不定可以找到這個傳說中的『睡美人』呢！」皮諾丘提議說。

他們發現，城裡不只是人，連狗兒、貓兒、鳥兒、馬兒也都睡著了，連壁爐裡的火也像是睡著的靜止不動。

他們搜索城堡裡，像是探險一般；最後，他們在一個放著紡織車的閣樓裡發現了公主。

王子望著沉睡中的公主，忍不住的親了公主一下；就在那時侯，公主竟睜開了她水汪汪的大眼睛，目不轉睛的注視著王子。

公主醒過來以後不久，國王、皇后以及城堡中的人也都相繼醒來了。小狗、小貓開始追逐，小鳥展翅飛翔，馬兒也開始吃草，壁爐中的火也熊熊的燃燒起來；士兵、廚師和僕人也都醒來，開始工作了。

原來，在公主週歲時，國王請來全國的女巫為女兒祝福，卻忘了邀請黑女巫，黑女巫為此非常生氣。

當天，大家正開心的祝福公主時，黑女巫忽然現身，說：「公主會在十八歲那年被紡錘刺到，從此長眠！」

還好，有一位女巫還未獻上祝福，便趁著壞女巫的詛咒還沒完全成形的時候，連忙加上：「公主的『長眠』只是沉睡不醒一百年！」因為法力的關係，這位好女巫不能取消詛咒，只能改變，而且還沒辦法讓公主少睡幾年呢！

當公主睡著的那個時候，也同時發生了不可思議的事情：城堡裡所有的人以及東西都「沉睡」不動了，直到王子來到……

王子告訴公主以及國王、王后，他們已由睡眠中甦醒；城堡為此舉行盛大的慶典，王子以及皮諾丘當然是最受歡迎的嘉賓嘍！

給小朋友的貼心話

本篇故事改寫自《格林童話》。

有個笑話——

小朋友對阿媽說：「阿媽，您要聽哪一片CD？我『燒』給您！」

阿媽：「呸呸呸！阿媽又還沒死，你『燒』給我幹嘛？」

小朋友及阿媽的對話，便是犯了「一詞多義（歧義）的謬誤」——因為對「燒」字的理解不同。同樣的，「長眠」可以比喻「去世」也可以說是「睡很久」，公主就是因為歧義才能免去黑女巫的詛咒。

小朋友說話時要小心一詞多義的問題，免得產生誤會呵！

青蛙沒有變王子

「哇！好熱啊！」皮諾丘邊走邊用手帕擦著汗。豔陽高照，皮諾丘的身體熱得好像快燒起來似的。

忽然，他聽到有人在說話的聲音：

「妳說話要算話！」一個低沉渾厚的男聲說。

「我說過什麼了？我根本什麼都沒答應你！」一個憤怒卻悅耳的女聲回答。

「咦？是誰在吵架啊！吵得真凶！」皮諾丘走近一看，原來是一個可愛的女孩正在與一隻青蛙爭論著。

皮諾丘不知道誰是誰非，正想從一旁走過，卻被女孩一把拉住說：「既然如此，我們請他來評評理好了！」

皮諾丘表情無辜的說：「不好意思，請問你們在吵什麼？」

「哼！我就讓你先說！」女孩對青蛙說。

「好吧！請小兄弟聽我說，看看誰對誰錯吧！」青蛙就開始述說他和女孩的故事。

原來，女孩是附近一座城堡裡最小的公主，最得國王寵愛。城堡附近有一座森林，在天氣熱的時候，小公主常自己走到這片森林，坐在清涼的小湖岸邊戲水乘涼。有時候，她會帶著一個金球，把金球拋向空中，然後再用手接住，這是她最喜愛的遊戲。

幾天前，小公主又來到小湖邊戲水及拋接金球。正玩得高興，一不小心，金球竟失手掉進了小湖裡。小公主緊緊盯著金球，金球一下子就沉到湖裡去了。小公主難過得哭了起來，哭得好傷心，哭得越來越大聲。

忽然，小公主聽見有人說：「可愛的小公主啊，您怎麼了？您哭得這樣傷心，連堅硬的石頭聽了都會感到心疼呀！」小公主回頭看，竟然是一隻青蛙！

小公主對青蛙說：「我的金球掉進湖裡去了啦……嗚……」

「不要難過了，我的公主。」青蛙說，「我有辦法幫妳將金球拿回來呵！可是，妳要怎麼回報我呢？」

「青蛙先生，你想要什麼東西都可以！」小公主回答，「我的衣服、我的珠寶、甚至我頭上戴著的王冠，都可以送給你！」

青蛙對小公主說：「妳說的這些東西我都不想要。我只希望妳能讓我做妳的好朋友，吃飯的時候可以同坐在一張餐桌上，用妳的小金碟吃東西；晚上，可以讓我睡在妳的小床上。要是妳答應的話，我就潛到湖裡去，將妳的金球撈出來。」

「沒問題！」小公主說，「只要你願意幫我將金球撈出來，你所有的要求我都答應。」

「因為公主答應了我的要求，我便潛到湖底，幫她將金球拿出來。」青蛙說完了經過，繼續對皮諾丘說，「可是，公主拿到了金

球，卻掉頭就回王宮，根本不理我。我在王宮外等了好幾天，好不容易等到她一個人出來，我才上前請她遵守諾言的。」

「你騙人！」公主聽完青蛙的話，馬上反擊，「你不要以為人家是小朋友，你就可以這樣騙他。隨便想也知道，你只是一隻醜陋的青蛙，我怎麼可能答應跟你一起吃飯，更別說一起睡覺了！我很感謝你幫我將金球拿出來，也已經叫侍衛送給你一堆昆蟲了，你怎麼還敢得寸進尺！」

皮諾丘看了看小公主及青蛙：肥肥的青蛙這麼醜陋，小公主卻有著天真可愛的臉龐，以及看起來純真無邪的眼神，怎麼想都應該是小公主說得對。

於是，皮諾丘對青蛙說：「我想，小公主應該不會騙人吧！因為你的要求真的滿過分的。」

「唉！」青蛙神情黯然的嘆了口氣，「我就知道，一般人應該都會相信她而不相信我的。算了，我的詛咒沒希望……」話越說越小聲，青蛙有氣無力的跳走了。

小公主開心的說：「真是謝謝你幫我主持公道。請你跟我回家，我請你吃飯吧！」

「不必了，只是小事一件。若是沒事，我要繼續趕路。公主再見嘍！」皮諾丘揮揮手。

走了幾分鐘後，皮諾丘覺得，讓小公主自己回家似乎不太好，萬一青蛙又去騷擾公主怎麼辦？於是，他便回頭去找公主。

走近公主時，他聽到公主自言自語的說：「那隻傻瓜青蛙，真是『癩蛤蟆想吃天鵝肉』！那麼醜陋的小爬蟲，竟然想和我做朋友，還想跟我一起吃飯？真是可笑！只是隨口答應他的話，他竟然信以為真。還好，那個路過的小朋友也是個傻瓜，就這麼相信我的話了。呵呵……」

聽到這番話，皮諾丘才知道，不守承諾的原來是小公主，自己真是以貌取人的大傻瓜啊！

給小朋友的貼心話

這篇故事改編自《格林童話》的〈青蛙王子〉（*The Frog Prince*）。皮諾丘在這裡犯了「訴諸人身的謬誤」——認為小公主「可愛與純真」、青蛙長得「醜陋」，便認為小公主說的應該是實話。小朋友也要當心，不要「以貌取人」呵！

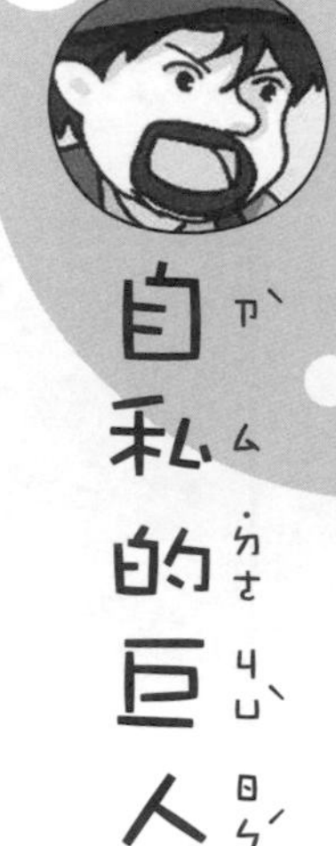

自私的巨人

在某個村子裡有一個巨人，他有一座好大的花園，位在一個Y字形的交岔路口；裡面有一大片綠油油的草地，還有好多種花草樹木以及果樹，許多蝴蝶等昆蟲及可愛的小鳥也在裡面飛舞或休憩著。走到每一個角落，都可以發現生命的驚喜。

不知道為什麼，巨人這幾年好像都不在家。於是，就有好多小朋友從花園旁稀疏的籬笆走了進去，在裡面盡情的品嘗樹上果實的甜蜜、輕聞枝頭花朵的芬芳，跟蟲兒、鳥兒一起奔跑嬉戲，不時傳出開心的歡笑聲。

有一天，巨人回來了；看到那麼多孩子在他的花園裡遊戲，相當不開心。

「可惡的小孩子，竟然在我的花園裡玩耍！」巨人生氣的說，「我的花園就只是我自己的花園，任何外人都不可以進來玩！」

於是，他在花園旁築起高高的圍牆，還在交岔路口處插上一個木牌，上面寫著：「此路不通行不得在此玩耍」，字與字之間沒有空隙，也沒有標點符號。

第二天，小朋友們又來到花園前，卻看到眼前出現了高高的圍牆，還有一塊木牌。小朋友將上面的字念了出來：「此路不通行，不得在此玩耍」。

從此以後，他們便不敢再進去花園玩了。

奇怪的是，即使春天已經降臨村子，少了小朋友歡笑的花園，花兒卻都躲了起來，蟲兒及鳥兒也不願意飛來了，只有冰冷的北風、霜雪及冰雹猛烈的呼嘯著。

「好奇怪啊？為什麼花園外開著野花，我的花園裡卻連一根青草都沒有，只有冬天的冰雪風霜呢？」巨人

覺得好悲傷。

就這樣過了十幾年，當年的小朋友都已長大、結婚，也生了小朋友；他們告訴下一代的小朋友，千萬不要到那座花園去玩，裡面有好可怕的巨人呵！

在一個陽光普照的日子裡，皮諾丘來到了花園旁；他看見許多小朋友在花園外張望，卻不敢進去。

「嗨！請問你們在這裡看什麼

呢？」皮諾丘問。

「聽說裡面有一個好大的花園耶！可是，花園主人是一個巨人，他立了一個牌子，不允許人家進去玩。」

「是嗎？我過去看看。」好奇的皮諾丘便去看那塊木牌上面寫些什麼。他看到木牌上的字，大聲讀了出來：「此路不通，行不得，在此玩耍。」

岔路分兩邊：一邊是碎石小路，一邊則是鋪著大石板的平坦馬路；由於時間久了，牌子看起來是偏向小路那邊的。

皮諾丘看了一下，像是恍然大悟的說：「巨人是不想讓行人走那條滿布碎石的小路啦！他是要大家在花園裡玩耍啊！」

於是，皮諾丘便帶著小朋友鑽進了圍牆旁的小洞，在花園裡開心的玩；忽然，春天又降臨了花園。

巨人聽到有小孩的嘻笑聲，便怒氣沖沖的跑出來，卻看到花園又恢復了生氣。他這才領悟：「我真是自私啊！美好的事物不與人分享，就跟冰冷的冬天一樣，一點生命與意義也沒有。」

於是，他便微笑的看著小朋友開心玩鬧，還有孩子們帶來的溫暖春天。

給小朋友的貼心話

本篇故事改編自《王爾德童話》。

雖然結果是好的，但皮諾丘在這裡可說犯了「語法歧義的謬誤」——因其解釋與原意不同。例如，我們常說「求學不是求分數」，也可以念成「求學？不，是求分數！」意思便完全不同。

小朋友，與人溝通或學習語句時，也要注意這種「語法歧義」的情況呵！否則，你所理解的可能跟原意會完全不同呢！

快樂王子

皮諾丘走到一個熱鬧的市區，頓時覺得眼前一亮！街道平坦而整潔，兩旁的建築高聳，或是古典沉穩的巴洛克建築，或是玻璃帷幕的辦公大樓。放眼望去，到處都可以看見穿戴著「普拉達」、「古姬」、「香耐耳」等名牌的貴婦，以及搭著「勞思來思」、「賓世」、加長型「凱子拉客」的企業總裁。

「哇！這個城市的人真富有啊！」皮諾丘心想。

在這個市區的中心，有一座用三公尺高的大理石當底座、真人大小的金黃色雕像；它的模樣是仿照很久以前的一位王子塑成的，外表貼著純金箔，眼睛是藍寶石，佩劍上則嵌著紅寶石。

皮諾丘低頭閱讀這座精美雕像的說明時，忽然聽到高處好像有人對他說：「嗨！小朋友，你好！」

皮諾丘抬起頭來對著雕像說：「是你在對我說話嗎？」

「這個城市的人們叫我『快樂王子』。你叫什麼名字？以前沒看過你，你不是這裡的人吧？」

「你好，我叫皮諾丘，是個旅人，是第一次來到這個地方。」

「哦！原來是遠道而來，我謹代表這個城市歡迎你！」快樂王子說。

「你說你叫做『快樂王子』？」皮諾丘仔細的看著雕像的神情，覺得奇怪：「可是，你的表情為什麼看起來那麼悲傷？」

「我活著的時候是這個王國的王子。那時我住在歡樂的王宮裡，以為這王國到處都像王宮一樣充滿歡樂；因為我身邊的一切都太美好了，所以我的臣子們就叫我快樂王子。我就這麼活著，也這麼死去，臣民們便幫我立了雕像。站在這裡之後，我才知道，除了富足快樂的生活之外，原來有這麼多人過著饑寒交迫的日子，我卻沒辦法幫助他們……」快樂王子說。

「有嗎？進城之後，我看到的都是好富有的人，這裡應該住的都是有錢人吧？怎麼會有窮人？」

「皮諾丘，那是因為你只看到城裡部分的居民而已，你沒有看到所有的居民啊！其實，貧苦的人也不少呢！」

「對了！」快樂王子接著說，「我之所以叫住你，就是想請你幫我一個忙。」

「我能幫你什麼忙呢？」皮諾丘說。

「因為我沒辦法走動，所以要請你為我去幫助那些貧苦的家庭。我從這兒看到，距離這兒五個街口外的一戶紅色大門房子的二樓，母親正在努力做著家庭代工，想在月底拿到一些錢付房租，要不然他們就會被房東趕出去了；她和她那兩歲大的孩子，過著有一餐沒一餐的生活。拜託你幫我將佩劍上的紅寶石送給那位辛苦的母親吧！」

話才說完，那塊紅寶石就掉到皮諾丘的手上。

「好吧！我就幫你跑一趟。」皮諾丘走到王子所指的地方，便將

紅寶石輕輕的從門縫裡丟進去。

回到快樂王子身邊，王子又對他說：「有一位開著小貨車、帶著小孩、正在做資源回收的父親，他的手腳都有殘缺，一天賺不了多少錢，那部停在路邊的小貨車就是他們的家。他的孩子又生病了，請你將我的一顆眼睛送給他……」

「你要犧牲你的眼睛！」皮諾丘很不忍心，「你真的要這麼做嗎？」

「沒關係，反正我不會痛。」王子笑著說。

於是，皮諾丘便拿著王子的一顆藍寶石眼睛，悄悄的放在那位父親的貨車駕駛座上。

「皮諾丘啊，請你再幫我一個忙。我看到在城裡的運河旁邊，有一個賣火柴的女孩，她的火柴不小心都掉到運河裡了；如果她不帶錢回家，她的養父會打她的，她正在哭泣呢！請你將我的另一顆眼睛送給她吧！」

「可是，這樣你就看不見了！」皮諾丘不禁流下眼淚。

「沒關係，我該知道的都已經記在心裡了。」王子還是笑著說。

皮諾丘將寶石送給小女孩後，又回到快樂王子身邊。王子對他說：「皮諾丘，這是最後一次請你幫我了。走到城市邊緣的垃圾堆，那裡有好多穿著破爛衣服的小朋友正在找尋可以吃的東西、可以用或可以變賣的物品。請你將我身上的金箔拿去送給他們吧！」

當皮諾丘完成快樂王子的期望後，想再去陪王子說說話。這時，從天上照下一道光，破舊的銅像隨著光升天了。皮諾丘雙手合十，為快樂王子祈禱著。

給小朋友的貼心話

本篇故事改編自《王爾德童話》。皮諾丘只看到了部分富人便以為這個城市很富有，是犯了之前提過的「以偏概全」的謬誤，或者是「不充分統計」的謬誤。小朋友，當你在觀察事物時，也要避免「以偏概全」呵！

放羊的小孩

「狼來了！狼來了！救命啊！我的羊快被抓走了啦！」

皮諾丘正要前往下一個城鎮，忽然聽見不遠的山坡上傳來小孩子的喊叫聲。

「發生什麼事了？」皮諾丘馬上跑過去，只見後面有好幾個年輕力壯的男人超越了他，口中還喊著：「有狼過來了！大家快點過去幫忙！」

跟著大家跑到了山丘上，皮諾丘跑得好喘呵！可是，放眼望去，山坡上的小羊們還在安靜的吃著草，有個小牧童正躺在樹下乘涼呢！

「小朋友！你剛才不是大喊狼來了嗎？狼呢？」有個拿著木棍的男人大聲的問那個小牧童。

「咦？我沒有喊叫啊！是你們聽錯了吧？」小牧童說。

「我們這麼多人會一起聽錯嗎？」另一個拿著鏟子的男人有點兒生氣的說。

「我不知道啊！反正不是我喊的。」小牧童不理男人們的問話，又閉上眼睛做自己的好夢去了。

「會不會是在別的地方啊？」皮諾丘問。

「這附近放羊的小孩就只有他一個啊？」男人們覺得奇怪，「難道真是我們聽錯了？」

「算了啦！沒事也好，我們回去幹活吧！」一個拿著鐵叉的男人說。皮諾丘跟著其他男人一起下山。「繼續走吧！還得趕路呢！」皮諾丘自言自語的說。

沒走幾步，又聽到了熟悉的聲音：「救命啊！狼來了！我的羊快被咬死啦！」

聽到小孩的呼叫，男人們又急忙往山上跑，皮諾丘也跟著大家往聲音的方向跑過去。大家不想讓狼跑掉，所以這次的速度比上次更快，皮諾丘差點兒就趕不上了哩！

跑到上面，皮諾丘馬上撿了一塊石頭，準備要給可惡的野狼迎頭痛擊，卻只見小牧童還在笑著大喊：「狼來了……」一看到有人，立

刻閉上嘴巴。皮諾丘看看四周，哪來的狼啊？

「可惡！」拿著木棍的男人生氣的說，「原來你是在惡作劇！」

「哈！」小牧童對男人們做了個鬼臉，「誰教你們這麼笨，竟然會被騙兩次，真是笑死我了！」

有人立刻大罵：「這小子！小時候就不老實，以後一定還會不斷說謊，騙家人、騙鄰居、甚至欺騙所有人！長大以後絕對會變成一個大騙子！我們不要理他了！」說完，大家很生氣的下山了。

「你啊！」皮諾丘過去對小牧童說，「騙人有這麼好玩嗎？要是狼真的來了怎麼辦？看誰會來救你！」

「哈哈！我才不會那麼倒楣呢！」小牧童不以為然的說，「誰教他們的小孩都欺負我！看他們上當，是我的樂趣！」

可是，皮諾丘才沒走多久，竟然又聽到「狼來了」的叫聲。皮諾丘原本不想理他；不過，他覺得這次的聲音聽起來不太一樣，還是決定過去看看。

想不到，這次真的有狼來了！雖然只是兩頭小狼，卻也讓小牧童手忙腳亂。

皮諾丘拿起了一根木頭幫忙，加上小牧童也拿著木棍拚命趕狼，終於將狼趕走了。然而，還是被咬走了兩隻小羊。

「嗚……我的羊……」牧童後悔不已。他雖然惡作劇，卻沒有惡意欺騙及傷害他人的意思。

「唉！」皮諾丘心想，「雖然小牧童曾騙過人，但不代表他每次都會騙人，也不能認定他以後一定會是一個大騙子啊！」

皮諾丘對牧童說：「說過謊之後，就很難讓人家完全信任你了。你要記得這次的教訓啊！」小牧童哭著點了點頭。

給小朋友的貼心話

這篇故事改寫自《格林童話》。

那些大人其實犯了「滑坡的謬誤」——認為某件事情的發生，一定會導致更嚴重的事情，乃至於不可收拾；然而，這樣的推論缺乏絕對的因果關係，所以結論也不一定合理。例如：「孩子如果沒上好國中，之後就考不上好高中，然後就考不進好大學，畢業後就找不到好工作，然後會窮困潦倒，一生就毀了！」

一般人負面思考時，往往會掉進「滑坡的謬誤」。當我們思考時，應該考量多種可能性，才不會掉進負面的滑坡呵！

狼與獅子

「你先去包紮一下吧！我幫你看著這些羊。」皮諾丘對受了傷的小牧童說。

「真是謝謝你……」牧童擦掉眼淚，先回去治傷了。

就在皮諾丘幫忙看羊的時候，跑掉的狼不甘心，又偷偷跑回來，從羊群中搶了一隻小羊就跑。

「快來人啊！狼將小羊咬走了！」聽到皮諾丘的叫喊，有一位農夫衝了過來，皮諾丘請他看著其他的羊，然後拚命追。

好不容易找到那隻小狼，皮諾丘正要偷偷過去給牠一棒；想不

到，一頭年紀有點老的獅子這時卻從一旁走了出來，向小狼靠近。皮諾丘連忙躲到一邊的大石頭後面。

看到小羊的獅子，毫不客氣的從小狼口裡搶走羊，將羊撥到牠身後，彷彿小羊已成了牠的戰利品。小狼不敢跟獅子硬拚，只能退到安全距離以外，大聲的對獅子說：「你搶走我的東西，實在太卑鄙了！」

老獅子聽了大笑起來，對小狼

說：「那麼，這隻羊是你朋友送給你的嗎？你是如何『正當』得來的呢？你這是五十步笑百步吧？」

聽了老獅子的反駁，小狼啞口無言，只能不甘心的一步步退走。

趁著牠們在爭吵的時候，皮諾丘偷偷繞路過去，抱起小羊便拚命的往回跑，逃離小狼與獅子的尖牙與利爪。

給小朋友的貼心話

這篇故事改寫自《伊索寓言》。

我們常聽到，小朋友因上課偷講話被處罰時，便會不服氣的說：「老師！某某也講話，你都不罰他！」或是有人因亂丟垃圾被檢舉，便說：「那麼多人亂丟垃圾，為什麼只抓我？」

跟小狼還有老獅子一樣，這樣的說法都是犯了「人身攻擊的謬誤」——以「你也是」、「別人也是」作為理由，指責別人的缺失，卻不知反省自己。

小朋友，當你做錯事時，可不要用「別人也是」當藉口，這樣只會讓你一錯再錯呵！

戀愛的獅子

皮諾丘經過一個小農莊時，忽然覺得內急；正好看到有個農夫坐在門前，他便連忙去向他借了廁所。

皮諾丘上完廁所出來，看到那個農夫在唉聲嘆氣，便問他：「這位先生，您怎麼了？」

「唉！『難道美麗也是一種錯誤？』我那剛成年的女兒，出落得美麗動人，不少村裡甚至城市中的有為青年都想追求她；誰知道，竟然連一隻威武的雄獅也愛上了我女兒，還向她求婚。獅子說，我若是不把女兒嫁給他，便是看不起他，他就會哼哼哼……」農夫模仿了獅

子張牙舞爪的樣子。

女兒非常害怕，農夫更是不忍心將女兒嫁給野獸；但是，他們實在懼怕獅子，一時之間不知道怎麼拒絕。

「原來是這樣啊，那真的有點糟糕呢！」皮諾丘很同情農夫的遭遇，心生一計，便教農夫這麼跟獅子說……

獅子再次來「要求」農夫時，農夫便對他說：「威武的獅子啊！你這麼孔武有力，讓人有安全感，當然可以娶我的女兒嘍！但是，你必須先拔去牙齒及爪子，否則我女兒可能不敢嫁給你，因為女生害怕這些會讓人受傷的東西嘛！」

「那有什麼問題！我馬上去辦！」獅子二話不說的接受了農夫的要求，馬上去找人為他拔掉牙齒及爪子。

「哈哈！岳父大人，我已經照您的要求辦好了，可以娶走我的新娘了吧！」第二天，獅子張著沒有利齒的大嘴，開心的說。

「哼！我之所以不敢拒絕你，是害怕你的牙齒及爪子；你現在沒了這兩樣東西，我還怕你嗎？」農夫找來左鄰右舍，揮舞著棍棒將獅子趕跑了。

給小朋友的貼心話

這篇故事改編自《伊索寓言》。

獅子想以武力「說服」農夫將女兒嫁給他，是犯了「訴諸武力的謬誤」。權勢與財富跟武力相似，都是一種權力（power）；若以此欺壓他人，都算是訴諸權力的謬誤。或許一時之間會讓人不得不屈服；不過，一旦失去了權勢或武力，便會讓人更加輕視。

運鹽的驢子

皮諾丘經過一條河時，覺得河水好清澈，便在河邊喝一點水，休息一下。

這時，有一隻驢子揹著一袋東西要過河，卻忽然滑了一跤、爬不起來，一直叫個不停。

皮諾丘趕緊幫忙驢子站起來。奇怪，看起來滿瘦的驢子，怎麼會那麼重？是馱了什麼東西啊？

「小兄弟，謝謝你啊……唉！我真笨！」驢子自言自語的說。

皮諾丘聽到驢子說的話，便問：「你怎麼了？」

「你扶我起來的時候，是不是覺得很重？」

「是啊！我就覺得奇怪，你又不胖，怎麼會那麼重？」

真是對不起啊！都怪我太愚蠢了！我之前有一次揹著很重的鹽袋過河，不小心滑了一跤；因為鹽都溶在水裡了，所以起身之後覺得好輕。雖然走回去之後被主人罵了一頓，但身上輕鬆不少，所以覺得滿愉快的。

「今天，主人讓我運送棉花過河。這麼一大坨棉花，當然不輕鬆嘍！我心想，如果再跌倒，站起來時應該會跟上次一樣輕鬆不少吧！於是，我就故意又滑了一跤。我卻沒想到，棉花原來是會吸水的。」

「喔！原來如此啊！誰教你以為棉花會跟鹽一樣呢！」

皮諾丘還是幫著驢子將水稍微擠乾、減輕一些重量，便繼續踏上旅程了。

給小朋友的貼心話

本篇故事改寫自《伊索寓言》。

像驢子那樣以為棉花泡在水裡會跟鹽一樣溶化，便是犯了「因果關係的謬誤」——誤會了結果的成因。

再舉個例子：「他打了疫苗之後便發燒住院，一定是疫苗造成的！」發燒住院可能因為重感冒等原因，不一定是注射疫苗造成的；像以上那樣的推論，便是犯了「因果關係的謬誤」。

此外，做任何分內的事情時，要腳踏實地的做好，不要想著如何投機取巧；否則，便可能像驢子一樣弄巧成拙呵！

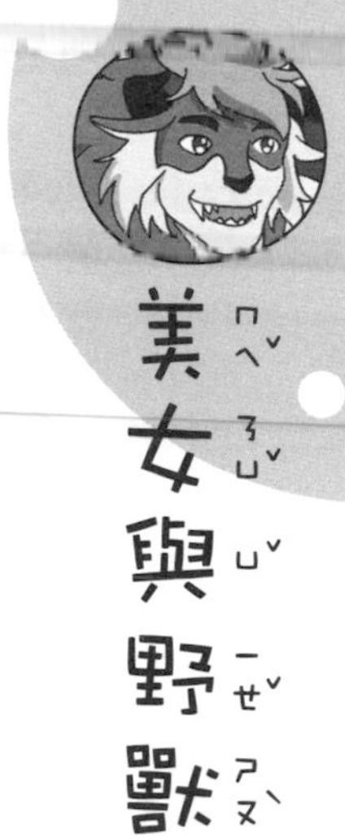

美女與野獸

某天傍晚，皮諾丘經過一座花園旁，看見一個頭長得像獅子、身體卻是人的怪物，正在和一個美女坐在一張小圓桌旁小聲的講話，那個美女臉上有著驚恐的表情。

「咦？那位姊姊臉上的表情看起來好像很害怕？對了，她一定是被那個怪物綁來的！」有上次獅子想娶美女為妻的經驗，讓皮諾丘覺得，一定是這個怪物綁架並威脅這個美女。

皮諾丘偷偷跑進花園，躲在樹叢後面。趁怪物走開時，他跑過去跟驚魂未定的美女小聲說：「大姊姊！大姊姊！」

「咦？小弟弟，你是誰？是從哪裡進來的？」美女說。

「姊姊妳好，我叫皮諾丘，正在一邊學習、一邊旅行。妳是不是被怪物綁來的？」皮諾丘看了一下四周，「趁現在沒別人，趕快跟我逃走吧！」

「被怪物綁來的？跟你逃走？」這位美女姊姊一臉疑惑的樣子，好像不知道皮諾丘在說什麼。

這時候，那個怪物回來了，皮諾丘嚇得趕緊躲起來。

「親愛的，剛剛有個奇怪的小弟弟跑過來跟我說話呢！」想不到，美女竟然「出賣」了皮諾丘！

皮諾丘聽到美女姊姊的話，嚇得冷汗直流。

「小弟弟，你幹嘛躲起來？出來吧！」其實，怪物也看到了皮諾丘。皮諾丘知道躲不住了，只好從樹叢後面走出來。

「你一個小孩子，跑到這兒來幹什麼？老實說，否則我就對你不客氣了！」怪物對皮諾丘露出猙獰的表情還有尖銳的獠牙；奇怪的是，美女卻在一旁偷笑。

「我只是路過這裡，看到大姊姊在你面前被嚇得花容失色……一定是你欺負她，所以我要帶她離開這裡！你想怎麼樣就放馬過來吧！」皮諾丘話說得很勇敢，可是兩隻腳卻不聽使喚，抖個不停。

「呵呵！親愛的，你就別嚇唬人家了。」美女竟然叫怪物「親愛的」？皮諾丘聽了大吃一驚，搞不懂是怎麼回事。

「對不起，」那個「怪物」竟然露出和藹可親的笑容，對皮諾丘說，「我不知道怎麼讓你誤會的，其實我們是夫妻呵！我剛剛在跟她聊我出外冒險的經過呢！」

其實，美女剛才的驚恐表情，只是因為怪物講的冒險經驗而驚異連連，並不是害怕怪物；事實上，她很愛這個強壯卻溫柔體貼的怪物丈夫呵！

聽了怪物的說明，皮諾丘知道自己又誤會了。還好，這對夫妻並不介意，還邀請皮諾丘跟他們共進晚餐呢！

給小朋友的貼心話

這篇故事改編自《格林童話》。

皮諾丘因為之前的經驗，還沒有弄清楚狀況，便以為美女也是被怪物綁架來的，這犯了「訴諸成見的謬誤」——之前看到的獅子是壞蛋，便以為現在所遇到的怪物也是壞蛋。

還有，如我們常聽到的「四肢發達、頭腦簡單」，也是一種「訴諸成見的謬誤」。事實上，運動員不一定頭腦簡單；而且，據研究，多運動能刺激大腦活化呢！

想想看，還有哪些常見的「訴諸成見的謬誤」？要盡量避免呵！

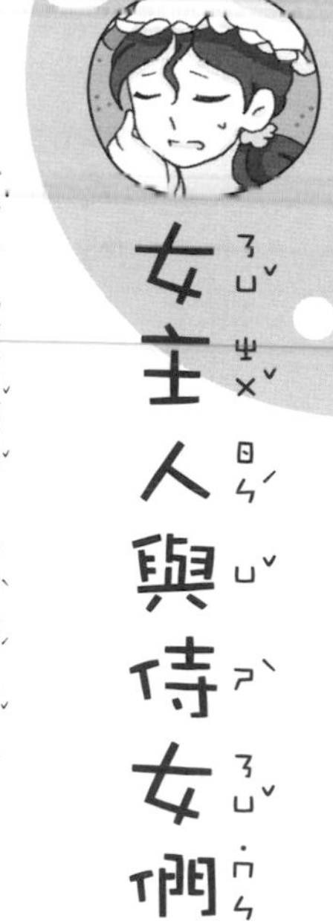

女主人與侍女們

「好吃的水果！快來買呵！」「便宜賣！便宜賣！老板不在家，漂亮的衣服大拍賣！」皮諾丘走到一個熱鬧的市集，販賣著許多東西，教人目不暇給。

他看到一個大姊手上拿著不少東西，看起來很沒精神的樣子。忽然，一顆蘋果從她手中掉了下來；她彎身想撿，卻失去平衡，就快摔倒的時候——

「小心！」皮諾丘一個箭步上前，扶住了這位大姊。

「這位大姊，您還好吧？」皮諾丘問道。

「我沒事，謝謝你啊，小弟弟。」

皮諾丘看這位大姊還是滿吃力的樣子，便說：「讓我幫您拿一些東西好嗎？」

「你真好心，真是謝謝你啊！」大姊說，「看你好像不是本地人，你叫什麼名字、從哪裡來啊？」

「我叫皮諾丘，是個旅人，正在童話世界旅行學習。」

「這麼小就四處旅行啊？真了不起！」大姊豎起大拇指說讚。

「大姊您不舒服嗎？我看您好像很累的樣子。」皮諾丘直率的說出他的疑問。

「唉！說起來，都是我們自做自受啊！」大姊對皮諾丘說，「我

是在一個富商家裡工作的侍女。我們的女主人很勤勞，她雇了包括我在內的八、九個侍女，幫她打理整座豪宅還有她負責的一家餐廳。每當家裡她養的公雞一叫，她就叫我們起來幹活；我們每天從早做到晚，每天都累得筋疲力盡，卻連難得的睡眠也要被吵醒。所以，我們大家十分痛恨那隻公雞，決定要放走牠。

「我們原本以為，若是沒有公雞

一到天亮就叫醒女主人，我們就不用那麼早起了。想不到，在我們把公雞放走之後，反而比以前更累！因為，女主人沒辦法知道天亮的時間，深怕耽誤工作，總是在天還黑的時候就把我們叫起來幹活了。」說完，侍女的臉看起來更累了。

「這應該跟公雞沒有關係吧？『天亮了』才是女主人叫妳們起床的原因啊！」皮諾丘指出了她們想法裡的錯誤。

「是啊！之後才知道我們想錯了，將公雞放走根本沒用。」侍女無奈的說。

「那就建議女主人再買一隻公雞啊！這樣女主人就不會太早叫你們起床了。」皮諾丘建議說。

「對啊！我們怎麼沒想到？謝謝你啊，小弟弟。」侍女興奮的說，「嗯，這次一定要買一隻不會那麼準時叫的公雞！」

皮諾丘不禁苦笑，不知道這位大姊之後會怎麼樣啊！

給小朋友的貼心話

本篇故事改編自《伊索寓言》。

故事裡的侍女弄錯了她們被迫早起的原因——在於天亮了而不是因為公雞叫。

像這樣的錯誤，便是之前提過的「因果關係的謬誤」。

小朋友，要解決事情時，必須弄清楚真正的原因，才能對症下藥呵！

浦島太郎

今天，皮諾丘走在海濱，一邊趕路，一邊欣賞著大海的美景。

「唉！真是太美了！」他正讚歎著大海的遼闊壯美，卻聽到路邊有一個老先生正在唉聲嘆氣。

「老爺爺，您怎麼了？」皮諾丘上前詢問。

「你是……我好像沒看過你？」老先生是本地人，覺得皮諾丘很陌生。

「老爺爺好，我叫皮諾丘，是個正在四處學習的旅人，剛好走到這個海邊來。」

「喔，你在旅行啊！一定看過不少有趣的事情吧？」老爺爺慈祥的對皮諾丘說。

「嗯，遇到很多有趣的事呢！」皮諾丘接著問，「對了，老爺爺，您為什麼自己一個人坐在這兒嘆氣呢？」

「唉！說來話長啊！」老爺爺說，「我曾有過一段奇特的經歷；可是，當我告訴大家時，卻沒人相信，甚至還說我騙人。」

「老爺爺，我去過不少地方，也見過不少奇怪的事情，您願不願意告訴我呢？」皮諾丘誠懇的說。

原來，老爺爺年輕的時候救了一隻被小朋友欺負的海龜；後來，海龜竟然載他到龍宮去了一趟。回來時，龍宮公主送了她一個寶盒，

要他千萬不能打開。

他回到陸地後，想不到所有的人事物都不同了，他兒時的玩伴竟然變得好老。

他想來想去，想不出究竟為什麼。他看到那個寶盒，一來好奇，二來覺得裡面說不定會有解開疑問的線索；於是，他打開了寶盒……想不到，盒裡冒出了一陣白煙後，他就變成了老頭子。

「我跟人家講我在海底的遭遇，卻沒人相信。大家都說：『老阿公啊，深海裡怎麼可能有生命哩？更何況是像人一樣的生命了！要不是您騙我們，就是您在做夢吧？』可是，我是真的到過深海裡的龍宮啊！」老爺爺有些傷心的說。

皮諾丘安慰他說：「老爺爺，一般人總是很武斷的否定他們所不知道的事情，您不必為此傷心啦！對您來說，活得健康有元氣才是最重要的！」

被皮諾丘的天真笑容鼓勵，老爺爺的臉上也綻放了微笑。

走過許多地方的皮諾丘相信，世界無奇不有；在我們確認深海裡沒有生命之前，怎麼能否認可能性呢？

給小朋友的貼心話

本篇故事改寫自日本童話〈浦島太郎〉。

在世人以為「地球是平的」那個時代，多數人都否定「地球是圓的」，這便是「訴諸無知的謬誤」。以這篇故事來說，就目前的科學研究而言，有許多深海生命是人類未知的；在無法證明的情況下，只能說「不知道」，而不能絕對否定，這才是科學精神。

小朋友，要保持開放的心態，才能接受新事物以及新思維呵！

算命大師

離開了海濱，皮諾丘又走到了一座小城鎮裡。

「又香又甜的橘子，來看看呵！」「一件五十、三件一百，又便宜又漂亮的衣服，買到賺到啦！」小城裡的街道旁，擺滿了一個又一個攤位，都很忙碌的叫賣著，讓人感到充滿活力。

「小兄弟、小兄弟！」皮諾丘在街上走著，忽然聽到後面傳來叫喚的聲音；轉頭一看，只見有個戴著墨鏡、留著山羊鬍的中年人正望著他。

中年人前面擺著一張桌子，上面有一本奇怪的書，並擺著兩個正燃著蠟燭的燭臺，還有一幅畫著奇怪人臉的白布，桌前則放著一個立牌，上面寫著「算命大師」。「謝謝大師指點迷津！」有一個婦人對他鞠躬道謝後，臉上帶著笑容離開了。

「這位先生，您是在叫我嗎？」皮諾丘回過頭來，問那位「算命大師」。

「是啊！」他對皮諾丘說，「小兄弟，我看，你是從外地來的吧！」

「沒錯！」皮諾丘說，「我是個旅人，名叫皮諾丘。您叫我有什麼事嗎？」

「危險啊！我看你的印堂發黑，恐怕未來幾天將有不好的事情發生呢！」

「真的嗎？先生，您看得見我的未來？」

「當然是真的！我不但會卜卦，而且還有天眼呢！」「大師」神氣的說。

「該怎麼辦呢？」皮諾丘緊張的問。

「嗯！我是有辦法幫你化解啦！不過，可能要花錢消災呵！」

「這個……」皮諾丘說，「我的

旅費雖然不多，不過我會盡量啦！」

「你既然這麼說，那就好辦了。這樣的話，你先給我錢吧！」

話還沒說完，忽然有人遠遠的高聲喊著：「大師！大師！」

那個人跑到大師面前，邊喘著氣邊說：「不好了！我剛經過你家，看見你家好像被小偷闖空門，門是打開的，家裡面變得空空的哩！」

算命大師大吃一驚，氣急敗壞的趕回家中，察看所發生的事。

「可惡！是哪個傢伙敢到我家偷東西！」看到家裡被翻得亂七八糟的景象，大師好生氣。

跟過去瞧瞧的皮諾丘疑惑的說：「大師，你不是說你能預知別人的禍福嗎，怎麼連自己的事情都沒預測到呢？」

他又接著說：「既然已經被偷了，你可以卜個卦或用你的天眼看一看，到底誰是小偷啊！不就能將東西找回來了？」

「嗯……這個嘛……」算命大師臉紅了，只顧著收拾東西，不理會皮諾丘了。

這篇故事改編自《伊索寓言》的〈占卜者〉。

這個故事是「訴諸無知的謬誤」的另一例子：對於不知道的事，便應該存疑而不輕信。從媒體上常看到有人被「神棍」、「命理專家」之類的騙子所欺騙的報導，這都是因為沒有加以瞭解便輕信一些沒有真憑實據的說法。連大人都會被騙，小朋友可要特別小心呵！

驢子與小狗

離開了市集之後，某一天，皮諾丘又走到了鄉間。

忽然，他聽到遠處傳來淒慘的驢叫聲；他朝著聲音的方向走去，看見有個農夫正在打一隻驢子。

「先生、先生！怎麼了？您為什麼要打這隻驢子呢？」皮諾丘連忙上前勸阻。

「氣死我了！這隻笨驢子沒事竟然衝過來撞我，還踢了我一腳！」農夫生氣的說，「咦？你是誰啊？我教訓我家的驢子，輪不到你管！」說完就氣呼呼的走了。

農夫走遠了之後，皮諾丘看著身上有著烏青傷痕的驢子，憐憫的對他說：「你啊，怎麼會做出這種粗魯的事情呢？」

「嗚……都是我自己活該。」驢子對皮諾丘說，「我的主人除了我之外，還養著一隻獵狗萊西。我平常要負責拉車、運貨等粗重的工作；萊西呢，除了打獵之外，就是跟主人一起玩而已。」

「有一天，我的主人出去跟朋友吃飯，帶回一些食物。萊西一見主人回家，高興得搖著尾巴撲到主人身上，主人就扔了些食物給他吃。

「我看了好羨慕，心想：『萊西之所以會被主人寵愛，便是因為他會這些動作吧？我們都是主人養的家畜，如果他做這些動作就能討

好主人，哼！那我也會！』於是，我就學著萊西的樣子，蹦蹦跳跳跑了過去，撲向主人，結果竟然將主人撲倒，還不小心踢了他一腳。

「主人當然非常生氣嘍！便痛打了我一頓。」驢子表情痛苦的說著。

「你啊，雖然不能怪你有這樣的想法，不過，你跟小狗本來就不一樣啊！」皮諾丘說，「雖然你們都是家畜，萊西原本就是主人養來幫忙打獵以及陪伴，養你卻是為了幫忙拉車運貨，你們的能力根本就不相同啊！」

給小朋友的貼心話

這篇故事改寫自《伊索寓言》。

挨打的驢子雖然可憐，但他的想法是犯了「錯誤類比的謬誤」——以為他跟萊西都是家畜，萊西的行為可以得到食物，他當然也可以，便有樣學樣；卻不知道，他跟萊西雖然都是家畜，主人期待他們做的事卻是不同的。

類比就是一種比喻；比喻不同，便會讓人有不同的感受、想法乃至於行為。例如，有哲學家說「他人就是我的地獄」，也有人說「每個人都是菩薩」，你覺得哪一個類比才對呢？不要因為類比錯誤，而做出錯誤的事呵！

主人和他的狗

「嗨！你好啊！」某天早上，有人向走在路上的皮諾丘打招呼。

「您好！」皮諾丘轉頭回答。向他打招呼的是一位揹著個大背包、身邊還帶著一隻狗的人。

「我叫麥可，正在各處遊歷參觀、增廣見聞。小兄弟，我看你揹著一個大背包，也正在旅行嗎？」

「是啊！」皮諾丘很有精神的回答，「我叫皮諾丘，正在旅行學習中。」這是他第一次在路上遇到跟他一樣正在旅行的人。

兩個人就這麼在路上聊起旅途的見聞來，狗很聽話的一邊跟著慢慢走。兩人邊走邊聊，不知不覺間，天色暗了下來。

「天黑了耶！我們該找個地方休息了。」麥可說。兩人便找了個旅店，準備在那兒晚餐及休息。

他們邊吃晚餐邊聊，很是投緣。雖然目的地不同，他們還是決定第二天一起出發。

第二天早上，皮諾丘早起了些，便到門口等；只見旅人的狗也已經準備好了。

等啊等，還不見旅人出來，皮諾丘都快打起瞌睡了，小狗也呵欠連連。

這時候，旅人出來了，正好看見他的狗站在門口打呵欠，便嚴厲

的對牠說：「你才剛起床嗎？怎麼還站在那裡打呵欠？一切都準備妥當，就等你了，趕快準備跟我走吧！」

狗兒猛搖著尾巴，表情看起來很委屈。皮諾丘便對麥可說：「老兄啊，狗狗早就準備好了，牠是等你等得打呵欠了。」

「啊？是嗎？不好意思，原來是我錯怪你了。」聽了皮諾丘的話，麥可才知道是自己錯了。

皮諾丘摸摸狗狗的頭，跟麥可揮手道別，各自踏上了旅途。

給小朋友的貼心話

本篇故事改編自《伊索寓言》。

麥可看見狗狗打呵欠，便認為牠是剛睡醒；他的推理過程是這樣的（三段論證）：

若是剛睡醒（前件），便會打呵欠（後件）——大前提

他打呵欠。——小前提

因此，他剛睡醒。——結論

但是，打呵欠一定表示剛睡醒嗎？無聊或很疲倦時也可能打呵欠啊！這種「肯定後件」的推理過程是錯誤的，因此稱為「肯定後件謬誤」。

再舉一個例子：

如果下雨（前件），馬路會溼（後件）——大前提

馬路溼了。——小前提

因此，下雨了。——結論

「下雨了馬路會溼」沒錯；但是，馬路溼了便一定是因為下雨嗎？還有灑水車或水管漏水可能讓馬路變溼吧？

正確的推論過程是像這樣的：

只要是人，就得呼吸。——大前提

他是人。——小前提

因此，他得呼吸。——結論

小朋友，再試著找出或想出正確或錯誤的三段論證吧！（要注意的是，「大前提」是否正確，是需要另外討論的呵！）

醜小鴨

「呱！呱！你走開啦！不要跟我們在一起！呱！」

「對嘛、對嘛！你好醜呵！呱！」

走在鄉間、正在欣賞冬季湖面風光的皮諾丘聽到了爭吵聲，便循著聲音過去看個究竟；原來，幾隻毛茸茸的小鴨子正在欺負另一隻看起來不太一樣的「醜小鴨」。

「小朋友們！你們在吵什麼啊？」皮諾丘說。

「他好笨呵！長得跟我們不一樣，而且游得又慢。」其中一隻小鴨說；「對啊！對啊！」其他小鴨附和的叫著。

皮諾丘看過這種「醜小鴨」長大的過程，便對他們說：「他其實不是鴨子啦！他長大以後就會變成美麗的『天鵝』呵！」

「哼！什麼美麗的天鵝？我們才不信呢！呱！他只是一隻長得跟我們不一樣的醜鴨子而已！對吧！呱！」

「對啊！對啊！呱、呱！」小鴨子們又一起叫了起來。他們只會以看過的鳥類來判斷，所以一致認為那只是一隻醜鴨子。

沒有同伴的醜小鴨好傷心。皮諾丘對他說：「我叫皮諾丘，讓我來保護及陪伴你吧！你叫什麼名字呢？」

「我叫小灰。」醜小鴨說。「嗯，小灰，我們一起玩吧！」皮諾丘便像一個爸爸般的陪伴著醜小鴨。

第二年的春天降臨了，醜小鴨的變化也越來越大……某一天，皮諾丘看到眼前的醜小鴨，不禁大喊：「小灰！趕快到湖邊看看你的樣子！」

「我的樣子怎麼了嗎？」小灰疑惑的朝著湖邊走去。

這時，皮諾丘看到有一隻老鷹很快的從上空俯衝而下。

「小灰小心！」皮諾丘飛身

過去救他，將小灰撞向一旁；鷹爪卻抓過他的手臂，抓下了一大塊木片，隨即振翅高飛了。

「喔！好痛！」雖然沒有流血，皮諾丘卻能感受到像是被抓掉一塊肉般的疼痛。

「皮諾丘！你不要緊吧！」小灰緊張的大叫。

「我不要緊……你趕快到湖邊去吧！」皮諾丘忍著痛，催促小灰快點兒過去。

小灰走到湖邊，往湖面一照——他看見的，是跟「醜小鴨」完全不一樣的美麗天鵝！

「皮諾丘！我真的變得不一樣了！」小灰開心的說。

「嗯！真是太好了！」皮諾丘看到小灰的成長，露出欣慰的微笑。

這時，皮諾丘覺得自己的身體好像也開始產生變化，像是被一團光芒包圍住；光芒逐漸散去，他竟然又變成一個男孩了！

一道光芒降臨，仙女出現在皮諾丘眼前，笑著對他說：「皮諾丘，經過這段時間的遊歷，你已經瞭解了各種思考過程可能產生的錯誤；而且，剛剛又不顧自己安危的救了小天鵝，表現了相當的勇氣。這些努力，讓你又變成人類了。你可以回家找老爹嘍！」

醜小鴨蛻變成美麗的天鵝，皮諾丘也再度變成一個男孩了——可愛卻充滿著智慧。他們擁抱彼此後，踏上自己的另一段生命旅程。

給小朋友的貼心話

這篇故事改編自《安徒生童話》。

法國哲學家培根（Francis Bacon, 1564-1626）主張，我們若要獲得真正的知識，必須去除四種「偶像」——

一、「種族偶像」：每一個人身處的社會及傳統中，所保有的一些以為「理所當然」、沒有經過思考與批判的知識或「常識」。

二、「洞穴偶像」：種族偶像是眾人共同的，洞穴偶像則是個人的錯誤——不知道自己的知識局限，以為自己知道很多、或以為自己知道的就是真理。真正有學問的人，往往知道自己的「無知」。

三、「市場偶像」：破除人云亦云的二手失真訊息或報導，避免「人人都這麼說，就以為是真的」。

四、「劇場偶像」：破除盲目崇拜權威造成的假象。在劇場中崇拜某個偶像時，便會認為，只要是偶像所說的就是真理。

那群欺負「醜小鴨」的小鴨子們，便是犯了「種族偶像」及「洞穴偶像」的錯誤。小朋友，試著就這四種「偶像」舉例說明吧！（可請老師或家長指導）當你思考時，也要當心這四種偶像的影響呵！

國家圖書館出版品預行編目資料

小木偶的思考大冒險！／賴志銘／作；胡雅斑／繪
一初版.一臺北市：慈濟傳播人文志業基金會，
2015.10〔民104〕208面；15X21公分
ISBN 978-986-5726-24-9 （平裝）

859.6 104018572

故事HOME 35

小木偶的思考大冒險！

創辦者	釋證嚴
發行者	王端正
作　者	賴志銘
插畫作者	胡雅斑
出版者	慈濟傳播人文志業基金會
	11259臺北市北投區立德路2號
客服專線	02-28989898
傳真專線	02-28989993
郵政劃撥	19924552　經典雜誌
責任編輯	賴志銘、高琦懿
美術設計	尚璟設計整合行銷有限公司
印製者	禹利電子分色有限公司
經銷商	聯合發行股份有限公司
	新北市新店區寶橋路235巷6弄6號2樓
電　話	02-29178022
傳　真	02-29156275
出版日	2015年10月初版1刷
建議售價	200元